U0942123

...en, the stiff dark ... and branche
beyond a tent, you step ... der whi...
stars. The moon gone do... many
...n urinate up looking at the ... not risen
of Southern cross, and thus the uncross-like b...
profundity of initial urination reflect each morning in the
publicity of constellations upon the ...
listen to the night, and not awake you
...en wash to where Pap sits highly past you.
pipe comforted, his vultures perched, before the fire,
time before daylight and the windless burning the
dead branches he says, "How are you, governor"
"No worse than you."

The sky is very high there and branche
...one between, the stiff dark from under whi...

beyond a tent, you step out to see too many
stars. The moon gone down, the breeze not risen
...n urinate up looking at the uncross-like
of Southern cross
profundity of initial and thus ...

Ernest M. Hemingway.

ERNEST HEMINGWAY

海明威文集

流动的盛宴

〔美〕海明威 著 汤永宽 译

A Moveable Feast

上海译文出版社

目 录

译本序

此书可说是海明威有生之年写成并经他亲自修改的最后一部作品。尽管此书于一九六四年出版后，先后又出版了《岛在湾流中》、《危险的夏天》和《伊甸园》，今年在纪念作家诞生一百周年之际，又有经他的儿子帕特里克编辑的《曙光示真》[①]遗作问世，但是经作者亲手修改校订并认可出版的最后作品无疑是本书。海明威于一九五七年秋天在古巴的观景庄开始动笔，其间去爱达荷州的凯彻姆和在西班牙逗留时，仍断断续续写作，至一九六〇年春重返古巴观景庄才完成初稿，同年秋天返回美国，在凯彻姆他的家中作最后润饰完成此书，前后历时三年有余。一九六四年由他的第四任妻子玛丽·韦尔什编辑整理出版。

此书名为《流动的盛宴》，其意殆指巴黎这座世界艺术名都历久长青，人才荟萃，一些献身艺术的来到这里奋斗也在这里成名，文人沙龙，歌台舞榭，真好似朝朝寒食，夜夜元宵，年复一年，而岁岁不同，像一席流动的盛宴。

本书是海明威自一九二一年至一九二六年在巴黎的一段生活的回忆。一九二一年九月海明威与他的第一任妻子哈德莉·理查森结婚，十二月经当时他结识的第一位美国著名作家舍伍德·安德森的建议，偕同新婚的妻子以《多伦多星报》驻欧洲记者的名义居留巴黎，直至一九二六年六月与哈德莉分手，而于翌年五月与他的第二任妻子波琳·菲佛结婚为止。这段时间正是他同哈德莉（尽管比他大八岁）新婚燕尔，在巴黎度过的清苦朴素（有时甚至忍饥耐饿）

但又充满青春欢乐和爱情、在文学创作上艰辛奋斗的婚后生活及其最后的破灭；也是海明威从一个勤奋的青年作家埋头习作而开始成名的转折期[②]。二十年代在巴黎有一批流亡的英美作家、艺术家如埃兹拉·庞德、托·斯·艾略特、司各特·菲茨杰拉德、葛特鲁德·斯泰因、詹姆斯·乔伊斯、福特·马多克斯·福特、多斯·帕索斯等辈，他们聚集在斯泰因的文艺沙龙中，或者庞德的工作室和西尔维亚·比奇的莎士比亚图书公司里谈艺论文。年轻的海明威从庞德（他比海明威年长十一岁）和斯泰因那里获得宝贵的启蒙和热情的帮助。

回忆总是甘苦交织的。在巴黎的学艺生活固然贫苦而艰辛，但自有其欢愉和乐趣在。他与第一任妻子哈德莉比之与后来的三个妻子，相对来说有着较纯洁的爱情，他们节衣缩食，对清苦的生活甘之如饴，从而能在工作余暇（哈德莉教授钢琴）去意大利、奥地利、瑞士、西班牙滑雪，观看赛马、赛车和斗牛以及旅游观光。多年以后，作者怀着浓厚的怀旧心情回忆他与哈德莉这段温馨的爱情，以致把他最后与哈德莉的离异归咎于那个可鄙的“引水鱼”（指美国著名小说家多斯·帕索斯）把“有钱人”（指墨菲夫妇）引到了他们的生活圈中，才使他同哈德莉分道扬镳的。

---

① 据威廉·博伊德文“触动最痛的伤疤”（William Boyd: *Touching his worst Scars*，《泰晤士报文学增刊》1999 年 7 月 2 日），帕特里克在前言中告诉我们这部未加题名的遗稿有 20 万字，显然不是日记，而是半部小说。其实乃是海明威与他的第四任妻子玛丽在五十年代初去非洲狩猎的实录。此书的题名取自海明威在书中的一段话：“在非洲，一件东西只有晨光熹微时才是真实的，到了中午就变成了一个谎言……”博伊德对于海氏家人发表这质量平平的遗稿颇不以为然，认为有损海明威的名声。

② 在此期间海明威写出了短篇集《在我们的时代》（1925）、中篇小说《春潮》（1926）和长篇小说《太阳照常升起》（1926），因此，在与哈德莉分手时，为答谢他们共同奋斗的生活，他把《太阳照常升起》题赠给哈德莉并表示该书的版税亦归于她。

海明威从他自己的观察和交往给一些作家艺术家描绘了一幅幅生动的画像。埃兹拉·庞德，这位现代派文学运动的先驱、旗手、领导者、著名诗人，一贯善于发现文坛新星，乐于奖掖后进，赢得了作者的始终不渝的尊敬。斯泰因的专横和热情，她对作者的训诲，及至作者最后不得不与她那样微妙地疏远；还有对年轻的富有才华的优秀美国小说家菲茨杰拉德描画的可说是工笔细致的肖像，他热爱他的姗尔达，但结果无疑毁于他所倾心爱恋的人儿，他一心想埋头写作，但始终被姗尔达所迫而不得不参加夜宴酗酒纵饮，尽管他在巴黎时已经身负盛名，写出了他的杰作《了不起的盖茨比》，他终于毁于酗酒，姗尔达不久也患了精神病。一九四〇年圣诞节前四天因冠心病猝发，这位“爵士时代”的桂冠诗人菲茨杰拉德过早地结束了悲剧的一生。他也是最早发现海明威的文学才能的一个，像兄长一样竭力鼓励他勤奋写作，并向出版社热情地推荐他的作品。但是在海明威的回忆中他显然多么脆弱，孩子气，他再三央求海明威真实地为他解答使他感到苦恼的生理问题，使人忍俊不禁。

海明威这部回忆录，乍看之下，似乎是一部写得过早的回忆录。一九五七年开始写的时候他不过五十八岁，离他荣获诺贝尔文学奖也仅仅三年。但回忆录是人们自己感到生命已临近终点时对自己的一次扫描、一个回顾和总结。这对海明威也不例外。他自五十年代在非洲游猎时两次飞机失事，其中一次伤势严重，“头盖骨开裂，臂膀脱臼，肝脏、左肾和脾破裂，脸部和头部严重烧伤”，由于电震疗法，他丧失了记忆力。这自然不能不使他产生生命将尽的感觉，回顾往昔，而萌生写回忆录的念头。而就在这部回忆录写成的第二年，海明威在他的凯彻姆住所用一支猎枪向他的头颅开枪自杀了。“一九六一年七月二日早晨，玛丽·韦尔什·海明威，他的第四任妻子正熟睡在楼上的主卧间里。突然一声像两只抽屉砰地关上的声音使她惊醒了过来……”

海明威已经死了三十八年。今年，《纽约客》周刊（一九九九年五月二十四日）为了纪念他诞辰一百周年，发表了美国女作家莉莲·罗斯的一篇文章，其中提到三十八年来人们在海明威死亡的性质上一直有不少揣测，“玛丽说这是一次意外事故，我相信她的话。海明威不能容忍自杀这种行为。他会说，‘别死。这是我所知道的唯一毫无意义的事情。’他热爱生活也相信生活。”[①]然而，从他的父亲的自杀，从他的一向以自己健壮的体魄自豪，视写作为无比神圣的事业，一旦失去健康，甚至丧失了记忆力，行将成为朽废之物，他选择了自杀也是很自然的。他的亲人作如此宣告，无非是为贤者讳。

虽然如此，我们仍将向海明威表示感激之情。他身心遭受严重摧残之余，回首当年，往事历历，有不能已于言者，于是奋笔写成这部引人入胜的忆旧之作，使我们能与作者一起重游二十年代的巴黎，在塞纳河畔徜徉，在林荫道旁的咖吧闲眺；使我们得以一个个地结识他当年的旧友，那慷慨大度的庞德，二十年代轰动西方文坛的现代派小说家乔伊斯，英才早发、为娇妻所累而壮志未酬的菲茨杰拉德，专横而又好客、倾心于现代流派的新文学艺术、体态装束如意大利农家妇的斯泰因；使我们更进一步了解我们尊敬的朋友海姆，这是朋友们对他的爱称。

海明威在他告别人世的前一年写成这部最后之作，无愧为一个英气勃勃的男子汉，无愧为一个矢志献身文学的伟大小说家。他的

① 莉莲·罗斯：“海明威告诉我如此种种”（Lillian Ross：*Hemingway Told Me Things*，《纽约人》，May 24，1999）。

这种精神鼓励着我们在生活中奋进。译者亦老且病矣，两次癌疾两度手术，幸赖高明医师的妙手，在术后休养期间犹能握管译书，以解卧病之孤寂。译成之日适逢作者百年诞辰，不胜欣快，跻身译界忽忽已近半个世纪，我亦可以搁笔矣。

汤永宽

一九九九年八月

序

出于一些作者认为充分的理由，本书中略去了许多地点、人物、观感以及印象。其中有些是秘密，有些则是尽人皆知，谁都已经写过的，而且无疑还会继续写到。

这里没有提到阿纳斯塔西体育场，有些拳击手在那儿当招待，侍候摆在树荫下的餐桌，而拳击场就设在那边的花园里。也没有提到跟拉里·盖恩斯一起练拳，以及冬季马戏场那场打了二十个回合的了不起的拳赛。也没有提到像查利·斯威尼、比尔·伯德和迈克·斯特拉特这些好朋友，也没有提到安德烈·马松和米罗[1]。这里没有提到我们去黑森林的那几次旅行，以及前往我们喜爱的巴黎近郊那些森林的当日返回的旅行。如果所有这些都写进本书那敢情好，可是眼下我们只得付之阙如了。

如果读者喜欢的话，本书也可以看作是一部虚构小说。但是这样一本虚构作品总还是会有可能多少阐明一点其中写到的那些事实的。

欧内斯特·海明威

古巴，圣弗朗西斯科·德·保拉

① 安德烈 · 马松（André Masson，1896—1987），法国画家、雕刻家，超现实主义的先驱和大师之一。胡安 · 米罗（Juan Miro，1893—1984），与毕加索、达里并称为当代西班牙三位伟大的现代派画家。鲜艳夺目的色彩，形象化的隐喻，奇特的想象等，构成了米罗的完整的风格。

说　明

欧内斯特于1957年秋在古巴开始撰写本书，1958年至1959年间的冬天在爱达荷州的凯彻姆继续写作，1959年4月我们去西班牙，他把稿子随身带去，后来随身带回古巴，然后在那年深秋又带到凯彻姆。他曾半途搁下本书去写另一本关于安东尼奥·奥多涅斯和路易斯·米盖尔·多明吉1959年在西班牙斗牛场上激烈竞争的书《危险的夏天》，于1960年春才在古巴完成本书。1960年秋他在凯彻姆对本书作了一些修改。此书涉及1921至1926年在巴黎的岁月。

玛·海[1]

① 即玛丽·韦尔什·海明威（Mary Welsh Hemingway，1908— ），作者的第四任妻子。

蒙帕纳斯大街

假如你有幸年轻时在巴黎生活过，那么你此后一生中不论去到哪里她都与你同在，因为巴黎是一席流动的盛宴。

欧内斯特·海明威

维斯孔第街的运粪车

“你就是这样的人。你们都是这样的人。”斯泰因小姐说。“你们这些在大战中服过役的年轻人都是。你们是迷惘的一代。”

“真的吗？”我说。

“你们就是，”她坚持说。“你们对什么都不尊重。你们总是喝得酩酊大醉……”

……

我记得他们怎样装了一车伤员从山路下来狠狠踩住刹车，最后用了倒车排挡，常常把刹车都磨损，还记得那最后几辆车子怎样空车驶过山腰。我想到斯泰因小姐和舍伍德·安德森以及与自我中心和思想上的懒散相对的自我约束，我想到是谁在说谁是迷惘的一代呢？接着当我走近丁香园咖啡馆时，灯光正照在我的老朋友内伊元帅的雕像上，他拔出了指挥刀，树木的阴影洒落在这青铜雕像上，他孤零零地站在那儿，背后没有一个人，而滑铁卢一役他打得一败涂地。我想起所有的一代代人都让一些事情给搞得迷惘了，历来如此，今后也将永远如此。

圣米歇尔广场的一家好咖啡馆

当时有的是坏天气。秋天一过，这种天气总有一天会来临。夜间，我们[①]只得把窗子都关上，免得雨刮进来，而冷风会把壕沟外护墙广场上的树木的枯叶卷走。枯叶浸泡在雨水里，风驱赶着雨扑向停泊在终点站的巨大的绿色公共汽车，业余爱好者咖啡馆里人群拥挤，里面的热气和烟雾把窗子都弄得模糊不清。那是家可悲的经营得很差劲的咖啡馆，那个地区的酒鬼全都拥挤在里面，我是绝足不去的，因为那些人身上脏得要命，臭气难闻，酒醉后发出一股酸臭味儿。常去业余爱好者咖啡馆的男男女女始终是醉醺醺的，或者只要他们能有钱买醉，就是这样，大多喝他们半升或一升地买来的葡萄酒。有许多名字古怪的开胃酒在做着广告，但是喝得起的人不多，除非喝一点作为垫底，然后把葡萄酒喝个醉。人们管那些女酒客叫做 Poivrottes，那就是女酒鬼的意思。

业余爱好者咖啡馆是穆费塔路上的藏垢纳污之所，这条出奇地狭窄而拥挤的市场街通向壕沟外护墙广场。那些老公寓房子都装着下蹲式厕所，每层楼的楼梯旁都有一间，在蹲坑两边各有一个刻有防滑条的水泥浇成的凸起的鞋形踏脚，以防房客如厕时滑倒，这些下蹲式厕所把粪便排放入污水池，而那些污水池在夜间由唧筒抽到马拉的运粪车里。每逢夏天，窗户都开着，我们会听到唧筒抽粪的声音，那股臭气真教人受不了。运粪车漆成棕色和橘黄色，当这些运粪车在勒穆瓦纳红衣主教路缓缓前进时，那些装在轮子上由马拉着的圆筒车身，在月光下看去好像布拉克[②]的油画。可是没有人给

画家布拉克

业余爱好者咖啡馆排除污秽，它张贴的禁止公众酗酒的条款和惩罚的法令已经发黄，沾满蝇屎，没人理睬，就像它的那些顾客一样，始终一成不变，身上气味难闻。

随着最初几场寒冷的冬雨，这座城市的一切令人沮丧的现象都突然出现了，高大的白色房子再也看不见顶端，你在街上走，看到

① 指作者和他的第一任妻子哈德莉·理查森（Hadley Richardson，1891—1979），她比作者大八岁，1920 年两人相遇，1921 年 9 月与海明威结婚，1921 年至 1926 年定居巴黎。

② 布拉克（Georges Braque，1882—1963），法国画家，立体派创始人。

的只是发黑的潮湿的路面，关了门的小店铺，卖草药的小贩，文具店和报亭，那个助产士——二流的——以及诗人魏尔伦[①]在那里去世的旅馆，旅馆的顶层有一间我工作的房间。

上顶层去大约要走六段或八段楼梯，屋里很冷，我知道我得去买一捆细枝条，三捆铅丝扎好的半支铅笔那么长的短松木劈柴，用来从细枝条上引火，加上一捆半干半湿的硬木爿才能生起火来，让房间暖和，这些要花我多少钱啊。所以我走到街对面，抬头看雨中的屋顶，看看是否有烟囱在冒烟，烟是怎样冒的。一点没有烟，我想起也许烟囱是冷的，不通风，还想起室内可能已烟雾弥漫，燃料白白浪费，钱随之付诸东流了，就冒雨继续前行。我一直走过亨利四世公立中学、那古老的圣艾蒂安山教堂、刮着大风的先贤祠广场，然后向右拐去躲避风雨，最后来到圣米歇尔林荫大道背风的一边，沿着大道继续向前经过克吕尼老教堂和圣日耳曼林荫大道，直走到圣米歇尔广场上一家我熟悉的好咖啡馆。

这是家令人惬意的咖啡馆，温暖、洁净而且友好，我把我的旧雨衣挂在衣架上晾干，并把我那顶饱受风吹雨打的旧毡帽放在长椅上方的架子上，叫了一杯牛奶咖啡。侍者端来了咖啡，我从上衣口袋里取出一本笔记簿和一支铅笔，便开始写作。我写的是密歇根州北部的故事，而那天风雨交加，天气很冷，正巧是故事里的那种日子。我历经少年、青年和刚成年的时期，早已见过这种秋天将尽的景象，而你在一个地方写这种景象能比在另一个地方写得好。那就是所谓把你自己移植到一个地方去，我想，这可能对人跟对别的不

---

① 魏尔伦（Paul Verlaine，1844—1896），法国抒情诗人，是从浪漫主义诗人过渡到象征主义的标志。在他最优秀的作品中明确的涵义和哲理是不存在的；他的第一部诗集《感伤集》（1866），在技巧上纯熟地模仿象征派诗人波德莱尔。

二十年代的海明威

断生长的事物一样是必要的。可是在我写的小说里，那些小伙子正在喝酒，这使我感到口渴起来，就叫了一杯圣詹姆斯朗姆酒。这酒在这冷天上口真美极了，我就继续写下去，感到非常惬意，感到这上好的马提尼克[①]朗姆酒使我的身心都暖和起来。

一个姑娘走进咖啡馆，独自在一张靠窗的桌子边坐下。她非常俊俏，脸色清新，像一枚刚刚铸就的硬币，如果人们用柔滑的皮肉和被雨水滋润而显得鲜艳的肌肤来铸造硬币的话。她头发像乌鸦的翅膀那么黑，修剪得线条分明，斜斜地掠过她的面颊。

我注视着她，她扰乱了我的心神，使我非常激动。我但愿能把她写进那个短篇里去，或者别的什么作品中，可是她已经把自己安置好了，这样她就能注意到街上又注意到门口，我看出她原来是在等人。于是我继续写作。

这短篇在自动发展，要赶上它的步伐，有一段时间我写得很艰苦。我又叫了一杯圣詹姆斯朗姆酒，每当我抬头观看，或者用卷笔刀削铅笔，让刨下的螺旋形碎片掉进我酒杯下的小碟子中时，我总要注意看那位姑娘。

我见到了你，美人儿，不管你是在等谁，也不管我今后再不会见到你，你现在是属于我的，我想。你是属于我的，整个巴黎也是属于我的，而我属于这本笔记簿和这支铅笔。

接着我又写起来，我深深地进入了这个短篇，迷失在其中了。现在是我在写而不是它在自动发展了，而且我不再抬头观看，一点不知道是什么时间，不去想我此时身在何处，也不再叫一杯圣詹姆斯朗姆酒了。我喝腻了圣詹姆斯朗姆酒，不再想到它了。接着这短

---

① 马提尼克（Martinique）为西印度群岛中的一个岛屿，是法国的一个海外行政区，首府为法兰西堡。

篇完成了，我感到很累。我读了最后一段，接着抬起头来看那姑娘，可她已经走了。我希望她是跟一个好男人一起走的，我这样想。但是我感到悲伤。

我把这短篇合起在笔记簿里，把笔记簿放进上衣的暗袋，向侍者要了一打他们那儿有供应的葡萄牙牡蛎和半瓶干白葡萄酒。我每写好一篇小说，总感到空落落的，既悲伤又快活，仿佛做了一次爱似的，而我肯定这次准是一篇很好的小说，尽管还不能确切知道好到什么程度，那要到第二天我通读一遍之后才知道[①]。

我吃着那带有强烈海腥味和淡淡的金属味的牡蛎，一边呷着冰镇白葡萄酒，嘴里只留下那海腥味和多汁的蛎肉，等我从每个贝壳中吸下那冰凉的汁液，并用味道清新的葡萄酒把它灌下肚去，我不再有那种空落落的感觉，开始感到快活并着手制订计划了。

既然坏天气已经来临，我们大可以离开巴黎一段时间，去到一个不下这种雨而会下雪的地方，那儿雪穿过松林飘落下来，把大路和高高的山坡覆盖起来，在那个高处，我们夜间走回家去的时候，会听到脚下的雪吱嘎吱嘎地响。在前锋山[②]南有一所木制农舍式的别墅，那里的膳宿条件特佳，我们可以一起住在那里，看我们的书，到夜晚暖和地一起睡在床上，敞开着窗子，只见星光灿烂。那是我们可以去的地方。乘三等车价钱并不贵。那儿的膳宿费比我们在巴黎花费的并不多多少。

我要把旅馆里那间我写作的房间退掉，这样就只需付勒穆瓦纳红衣主教大街 74 号的房租了，那是微不足道的。我给多伦多[③]写过

---

① 作者谈到这篇小说的创作过程，指的是《在密歇根州北部》。

② 前锋山为瑞士西南部日内瓦湖东北湖滨的一小城。

③ 指《多伦多星报》。海明威早年曾任该报驻巴黎记者，后来才辞职当专业作家。

一些新闻报道，它们的稿费的支票该到了。在任何地方任何情况下我都能写这种报道，因此我们有钱作这次旅行。

也许离开了巴黎我就能写巴黎，正如在巴黎我能写密歇根一样。我不知道要这样做为时尚早，因为我对巴黎了解得还不够。但是最后巴黎却还就是这样写出来的。不管怎么说，只要我妻子想去，我们就去，于是我吃完牡蛎，喝干了葡萄酒，付了我在这咖啡馆里挂的账，便抄最近的路冒着雨——如今这只不过是当地的坏天气而已，而不是改变你的生活的什么东西了——赶回圣热内维埃弗山，回到山顶上的那套房间。

“我想这该是绝妙的，塔迪[①]，”我妻子说。她长着一张线条优雅的脸，每次作出决定时，她的眼睛和她的笑容都会发亮，仿佛这些决定是珍贵的礼物似的。“我们该什么时候动身？”

“随你想什么时候走都行。”

“啊，我想马上就走。难道你不早就知道吗？”

“也许等我们回来的时候，这儿天气就晴好了。等天晴了，变冷了，就会非常好。”

“我看天一定会好的，”她说。“你能想到出去旅行，不也是真好吗。”

① 塔迪（Tatie）是海明威给自己起的绰号。

斯泰因小姐的教诲

等我们回到巴黎，天气晴朗、凛冽而且美好。城市已经适应了冬季，我们街对面出售柴和煤的地方有好木柴供应，许多好咖啡馆外边生着火盆，这样你坐在平台上也能取暖。我们自己的公寓暖和而令人愉快。我们烧的是煤球，那是用煤屑压成的卵形煤团，放在木柴生的火上，而大街上冬天的阳光是美丽的。现在你已习惯于看到光秃秃的树木衬映着蓝天，你迎着清新料峭的风走在穿越卢森堡公园的刚被雨水冲洗过的砾石小径上。等你看惯了这些没有树叶的树木，它们就显得像是雕塑，而冬天的风吹过池塘的水面，喷泉在明媚的阳光中喷涌。由于我们在山里待过，现在所有的远景，看起来都变得近了。

由于海拔高度的改变，我对那些小山的坡度毫不在意，反而怀着欣快的心情，于是登上旅馆顶层我工作的那个房间也变成了一种乐趣，从这房间可以看到这地区高山上的所有屋顶和烟囱。房内的壁炉通风良好，工作时又暖和又愉快。我买了柑橘和烤栗子装在纸袋里带进房间，吃橘子的时候，剥去了皮，吃那像丹吉尔红橘那样的小橘子，把橘皮扔在火里，把核也吐在火里，等我饿了，就吃烤栗子。多走了路，加上天冷和写作，总使我感到饥饿。在顶楼房间里，我藏了一瓶我们从山区带回来的樱桃酒，每当快写成一篇小说或者快结束一天的工作时，我就喝上一杯这樱桃酒。我一做完这天的工作，就把笔记簿或者稿纸放进桌子的抽屉里，把吃剩的柑橘放进我的口袋。如果放在房间里过夜，它们就会冻结。

斯泰因在巴黎寓所

我知道自己干得很顺利，走下那一段段长长的楼梯时，心里乐滋滋的。我总要工作到干出了一点成绩方始罢休，我总要知道了下一步行将发生什么方始停笔。这样我才能有把握在第二天继续写下去。但有时我开始写一篇新的小说，却没法进行下去，我就会坐在炉火前，把小橘子的皮中的汁水挤在火焰的边缘，看这一来毕毕剥剥地窜起蓝色的火焰。我会站在窗前眺望巴黎千家万户的屋顶，一面想，“别着急。你以前一直这样写来着，你现在也会写下去的。你只消写出一句真实的句子来就行。写出你心目中最最真实的句子。”这样，我终于会写出一句真实的句子，然后就此写下去。这时就容易了，因为总是有一句我知道的真实的句子，或者曾经看到过或者听到有人说过。如果我煞费苦心地写起来，像是有人在介绍或者推荐什么东西，我发现就能把那种华而不实的装饰删去扔掉，用我已写下的第一句简单而真实的陈述句开始。在那间高踞顶层的房间里我决定要把我知道的每件事都写成一篇小说。我在写作时一直想这样做，这正是良好而严格的锻炼。

也是在那间房间里，我学会了在我停下笔来到第二天重新开始写作这段时间里，不去想任何有关我在写作的事情。这样做，我的潜意识就会继续活动，而在这同时我可以如我希望的那样听别人说话，注意每件事情；我可以如我所希望的那样学习；我可以读书，免得尽想起我的工作，以致使我没能力写下去。当我写作进展顺利，那是除了自我约束以外还得运气好才行，这时我就走下楼梯，感到妙不可言，自由自在，可以到巴黎的任何地方信步闲游。

如果在下午我走不同的路线到卢森堡公园去，我可以穿过这座公园，然后到卢森堡博物馆去，那里的许多名画现在大部分已转移到卢浮宫和网球场展览馆去了。我几乎每天都上那里去看塞尚，去看马奈和莫奈以及其他印象派大师的画，他们是我在芝加哥美术学院最初开始熟悉的画家。我正向塞尚的画学习一些技巧，这使我明白，写简单而真实的句子远远不足以使小说具有深度，而我正试图使我的小说具有深度。我从他那里学到很多东西，可是我不善于表达，无法向任何人解释这一点。何况这是个秘密。但如果卢森堡博物馆里灯光熄灭了，我就一直穿过公园去花园路 27 号葛特鲁德·斯泰因①住的那套带工作室的公寓。

我的妻子和我曾拜访过斯泰因小姐，她和跟她住在一起的朋友②对我们非常亲切友好，我们喜爱那挂着名画的大工作室。它正

---

① 葛特鲁德·斯泰因（Gertrude Stein，1874—1946），生于美国宾夕法尼亚州，曾就读于拉德克利夫学院和约翰斯·霍布金斯大学。1902 年前往欧洲，自 1903 年起直至去世始终蛰居巴黎。她在文学创作上是一个实验派，写作强调文字重复，讲究集中，其中极致的作品使人难以卒读。20 年代中，她的工作室成为侨居巴黎的英美作家、艺术家会聚的中心之一。

② 指艾丽斯·巴·托克拉斯（Alice B. Toklas，1877—1967），斯泰因的秘书兼女伴。两人有同性恋关系。斯泰因曾以艾丽斯的口气写成《艾丽斯·巴·托克拉斯自传》一书（1933 年出版），实为她本人的自传。

像最优良的博物馆中的一间最好的展览室，可就是没有她们那儿的暖和而舒适的大壁炉，她们招待你吃好东西，喝茶和用紫李、黄李或野覆盆子经过自然蒸馏的甜酒。这些都是气味芳香而无色的酒，从刻花玻璃瓶倒在小玻璃杯里待客的，而不论它们是否是quetsche，mirabelle 或者 framboise[①]，味道都像原来的那种果实，在你的舌头上变成一团有节制的火，使你感到暖烘烘的，话也多起来了。

斯泰因小姐个头很大但是身材不高，像农妇般体格魁梧。她有一对美丽的眼睛和一张坚定的德国犹太人的，也可能是弗留利人[②]的脸，而她的衣着、她的表情多变的脸以及她那好看、浓密而富有生气的移民的头发，头发的式样很可能还是大学读书时的那种，这些都使我想起一个意大利北部的农妇。她不停地讲着，起初谈的是人和地方。

她的同伴有一副非常悦耳的嗓子，人长得很小，很黑，头发修剪得像布泰·德·蒙韦尔插图中的圣女贞德，而且长着一只很尖的鹰钩鼻。我们第一次见到她们时，她正在一块针绣花边上绣着，她一面绣着一面照看食物和饮料并且跟我的妻子闲聊。她跟一个人交谈，同时听着两个人说话，常常会半途打断那个她没有在交谈的人。后来她向我解释，她总是跟妻子们交谈。她们对那些妻子很宽容，我的妻子和我有这种感觉。但是我们喜欢斯泰因小姐和她的朋友，尽管那个朋友叫人害怕。那些油画、蛋糕以及白兰地可真是美妙极了。她们似乎也喜欢我们，待我们就像我们是非常听话、很有礼貌而且有出息的孩子似的，我还感觉到她们是因为我们相爱着并

① 即上文所指用紫李、黄李或野覆盆子制成的酒。

② 弗留利为今意大利东北部一古地区，历史上受到诸邻国入侵，一再易手，于 1918 年回到意大利之手，1945 年，其东部被划入南斯拉夫。

结了婚而宽恕我们——时间将会决定这一点——所以当我的妻子请她们上我们家去喝茶时，她们接受了。

她们来到我们的套间的时候，似乎更喜欢我们了；但这也许是因为地方太小，我们挨得更近的缘故。斯泰因小姐坐在铺在地板上的床垫上，提出要看看我写的短篇小说，她说她喜欢那些短篇，除了一篇叫《在密歇根州北部》的。

“写得很好，”她说。“这是一点儿没问题的。但这篇东西inaccrochable[①]。那意思是好像一个画家画的一幅画，当他举行画展时他没法把它挂出来，也没人会买这幅画，因为他们也没法把它挂出来。”

毕加索和友人在一起

① 这是一个法语词，意为“无法挂出来的”。

“可要是这并不是淫秽的而不过是你试图使用人们实际上会使用的字眼呢？如果只有这些字眼才能使这篇小说显得真实，而你又必须使用它们呢？你就只能使用它们啊。”

“你根本没有听懂我的意思，”她说。“你决不能写任何无法印出来的[①]东西。那是没有意义的。那样做是错误的，也是愚蠢的。”

她本人想在《大西洋月刊》上发表作品，她告诉我，而她是会发表的。她对我说，我这作家还不够好，在那家刊物或《星期六晚邮报》上发表不了作品，但是我可能是一个具有自己的风格的新型作家，不过第一件事要记住的是不要去写那种无法印出来的短篇小说。我没有在这点上与她争论，也不想再解释我想在人物对话上作什么尝试。那是我自己的事，还是听别人说话更有趣。那天下午她还告诉我们该怎样买画。

“你可以要么买衣服，要么买画，”她说。“事情就是这么简单。没有钱，谁也不能做到两者兼得。不要讲究你的衣着，也根本不必去管什么时尚，买衣服只求舒适经穿，你就可以把买衣服的钱去买画了。”

“可是即使我再也不买一件衣服，”我说，“我也不会有足够的钱去买我想要的毕加索的画。”

“对。他超出了你的范围。你得去买你自己的同龄人——你自己那当兵的团体里的人画的画。你会认识他们的。你会在本区[②]这一带碰到他们的。总是有些优秀的新出现的严肃画家。可买很多衣服的人不是你。总是你太太买嘛。价钱昂贵的正是女人的衣服啊。”

---

① 原文仍是那个法语词 inaccrochable（无法挂出来的），这里引申为“无法印出来的”。

② 指塞纳河左岸的拉丁区，为文人艺术家聚居之地。

我看见我的妻子尽量不去看斯泰因小姐穿的那身古怪的统舱旅客穿的衣服，她真的做到了。她们离去的时候，我们仍旧受到她们的喜爱，我想，因为她们要我们再次去花园路 27 号作客。

我受到邀请在冬季下午五点钟以后任何时候都可以去她的工作室，那是后来的事了。我曾在卢森堡公园里遇见过斯泰因小姐。我记不清她是否在遛狗，也不记得当时她到底有没有狗。我只记得我是独自一个人在散步，因为我们那时养不起狗，甚至连一只猫也养不起，而我知道的仅有的猫是在咖啡馆或者小餐馆见到的，或者是我赞赏的公寓看门人窗口上的那些大猫。后来我在卢森堡公园常常碰见斯泰因小姐带着她的狗；但是我认为这一次是在她有狗以前。

可是不管有狗没有狗，我接受了她的邀请，并且习惯于路过时在工作室逗留，而她总是请我喝自然蒸馏的白兰地，并且坚持要我喝干了一杯再斟满。我就观赏那些画，我们交谈起来。那些画都很激动人心，而谈话也很惬意。大部分时间是她在讲，她告诉我关于现代派绘画和画家的情况——主要是把他们当作普通人而不是画家来谈——并且谈她自己的作品。她把她写的好几卷原稿给我看，那是她的同伴每天用打字机给她打的。每天写作使她感到快活，但是等我对她了解得更多以后，我发现，对她来说，要使她保持愉快就需要把这批每天稳定生产出来（生产多少则视她的精力大小而异）的作品予以出版，并需要得到读者的赏识。

这在我最初认识她的时候还没有成为严重的问题，因为她已经发表了三篇人人都能读懂的小说。其中一篇《梅兰克莎》写得非常好，是她的那些实验性作品的优秀范例，已经以单行本①形式出

① 即《三个女人》，收有《好安娜》、《梅兰克莎》和《温柔的莉娜》三个中篇，出版于 1909 年。

版，而且博得了曾见过她或者熟识她的评论家的赞扬。她性格中具有这样一种品性：当她想把一个人争取到她这一边来，那是谁也抗拒不了的，而那些认识她并看过她的藏画的评论家，接受她的那些他们看不懂的作品，因为他们是把她作为一个人而喜爱她的，并且对她的判断力怀有信心。她还发现了关于节奏的许多法则和重复使用同样的词汇的好处，这些都是讲得通而且有价值的，而她谈得头头是道。

但是她厌恶单调乏味的修改文字的工作，也不喜欢承担把自己的作品写得能让人家读懂的责任，尽管她需要出书并得到正式认可，尤其是为她那部长得令人难以置信的题名为《美国人的形成》的书。

这本书开端极为精彩，接着有很长一部分进展甚佳，不断出现才华横溢的段落，再往下则是没完没了的重复叙述，换了一个比她认真而不像她那么懒的作家，早就会把这一部分扔进废纸篓里去了。我在让——也许该说是逼——福特·马多克斯·福特[①]在《大西洋彼岸评论》上连载这部作品时方始深切认识这一点，明白这样一来恐怕到这份评论刊物停刊也连载不完。因为要在《评论》上发表，我不得不给斯泰因小姐通读全部校样，由于这种工作不会给予她任何乐趣。

在这个寒冷的下午，我经过公寓看门人的住房，跨过冷冽的庭院，进入那工作室的温暖的氛围，上面说的都还是几年以后的事。这天下午斯泰因小姐教导我性的知识。那时我们已经互相非常投合了，我也已经明白凡是我不懂得的事情很可能都是同这方面有些关系的。斯泰因小姐认为我在性问题上太无知了，而我必须承认，自从我了解了同性恋的一些较为原始的方面以后，我对同性恋持有一

① 福特·马多克斯·福特（Ford Madox Ford，1873—1939），英国小说家、诗人、编辑、评论家。1924年在巴黎主编《大西洋彼岸评论》，发表过乔伊斯、海明威的作品，常资助年轻作家。

定的偏见。我知道这就是为什么当你还是个孩子、色狼这个词儿还没有成为用来称呼那种整天着迷于追逐女人的男人的俗称时，你得随身带一把刀子准备必要时使用，才能跟一群流浪汉在一起厮混。从我在堪萨斯城的那些日子①，从那个城市的不同区域、芝加哥以及大湖上的船只上的习俗，我懂得了许多你无法印出来的词汇和用语。在追询之下，我竭力设法告诉斯泰因小姐，当你还是个孩子却在男人堆里厮混的时候，你就得做好杀人的准备，要懂得怎样去干这事而且要真正懂得为了不致受到骚扰，你是会这样干的。这个词儿是能印出来的。要是你知道你会杀人，别人就会很快感觉到，也就不会来打扰你了；可也有一些境地是你不能让别人把你逼迫进去或者受骗上当落进去的。如果使用那些色狼在湖船上使用的一句无法印出来的话，“啊，有道缝不赖，可我要个眼”，我就能把我的意思表达得更生动些，但是我跟斯泰因小姐谈话时总是很小心，即使在一些原话也许能澄清或者更明确地表达一种成见的时候，我也是小心翼翼。

“是啊，是啊，海明威，”她说。“可你当初是生活在罪犯和性变态者的环境里的呀。”

对此我不想争辩，尽管我以为我曾在那样的一个世界里生活过，其中有各式各样的人，我曾竭力去理解他们，尽管他们中间有些人我没法喜欢，有些人我至今还厌恶。

“可是那位彬彬有礼、名气很大的老人，他在意大利曾带了一瓶马尔萨拉或金巴利酒②到医院里来看我，行为规规矩矩得不能再

---

① 海明威1917年中学毕业后，曾在《堪萨斯城星报》社任记者，第二年才至意大利任红十字会驾驶员。

② 马尔萨拉酒指产于意大利西西里岛马尔萨拉港的一种淡而甜的红葡萄酒。金巴利酒指意大利金巴利公司生产的带辣椒味的开胃酒。

好，可后来有一天我不得不吩咐护士再也不要让那人进房间来了，你说这是怎么回事？”我问道。

“这种人有病，他们由不得自己，你应该可怜他们。”

“难道我该可怜某某人吗？”我问道。我当时提了此人的姓名，但他本人通常乐于自报姓名，所以我觉得没有必要在这里提他的名字了。

“不。他是邪恶的。他诱人腐化堕落而且确实是邪恶的。”

“可是据说他是个优秀的作家啊。”

“他不是，”她说。“他不过是个爱出风头的人，他为追求腐化堕落的乐趣而诱人腐化堕落，还引诱人们染上其他恶习。比如说吸毒。”

“那么我该可怜的那个在米兰的人不是想诱我堕落吗？”

“别说傻话啦。他怎么能指望去诱你堕落呢？你会用一瓶马尔萨拉酒去腐蚀一个像你那样喝烈酒的小伙子吗？不，他是个可怜的老人，管不住自己做的事。他有病，他由不得自己，你应该可怜他。”

“我当时是可怜他的，”我说。“可是我感到失望，因为他是那么彬彬有礼。”

我又呷了一口白兰地，心里可怜那个老人，一面注视着毕加索的那幅裸体姑娘和一篮鲜花的画。这次谈话不是由我开的头，我觉得再谈下去有点危险了。跟斯泰因小姐交谈几乎从来是没有停顿的，但是我们停下来了，她还有话想对我讲，我便斟满了我的酒杯。

“你实在对这事儿一窍不通，海明威，”她说。“你结识了一些人人皆知的罪犯、病态的人和邪恶的人。主要的问题在男同性恋的行为是丑恶而且使人反感的，事后他们也厌恶自己。他们用喝酒和吸毒来缓解这种心情，可是他们厌恶这种行为，所以他们经常调换搭档，没法真正感到快乐。”

“我明白啦。”

“女人的情况就恰恰相反。她们从不做她们感到厌恶的事，从

毕加索

不做使她们反感的事，所以事后她们是快乐的，她们能在一起过快乐的生活。”

“我明白了，”我说。“可是某某人又怎么样呢？”

“她是个邪恶的女人，”斯泰因小姐说，“她可真是邪恶的，所以她从没感到快乐过，除非跟新结识的人。她诱人堕落。”

“我懂了。”

“你肯定懂了吗？”

那些日子里要弄懂的东西太多了，所以我们谈起别的事情时，我很高兴。公园已经关门了，于是我只得沿着公园外边走到沃日拉尔路，绕过公园的南端。公园关了门并上了锁，使人感到悲哀，我绕过公园而不是穿过公园匆匆走回到勒穆瓦纳红衣主教路的家里，心里也是悲哀的。这一天开始时也多么明媚啊。明天我就得努力工作了。工作几乎能治疗一切，我那时这样认为，现在还是这样认为。我那时必须治愈的毛病，我判定斯泰因小姐已经感觉到，就是青春和我对妻子的爱。等我回到勒穆瓦纳红衣主教路的家中，我一点也不感到悲哀了，就把我刚刚学得的知识讲给我的妻子听。那天晚上，我们对我们自己已经拥有的知识以及我们在山里新近获得的知识感到高兴。

意大利广场附近酒馆的一对情侣

“迷惘的一代”

为了享受那里的温暖，观赏名画并与斯泰因小姐交谈，很容易养成在傍晚顺便去花园路 27 号逗留的习惯。斯泰因小姐通常不邀请人来作客，但她总是非常友好，有很长一段时间显得很热情。每当我为那加拿大报社以及我工作的那些通讯社外出报道各种政治性会议或者去近东和德国旅行归来，她总要我把所有有趣的逸闻讲给她听。总是有一些很有趣的部分，她爱听这些，也爱听德国人所谓的“绞刑架上的幽默”[①]的故事。她想知道现今世道中的欢快的部分；绝不是真实的部分，绝不是丑恶的部分。

我那时年少不识愁滋味，而且在最坏的时候总是有些奇怪和滑稽的事情发生，而斯泰因小姐就喜欢听这些，其他的事情我不讲而是由我自个儿写出来。

当我并不是从外地旅行归来，而是在工作之余去花园路盘桓一番的时候，我有时会设法让斯泰因小姐讲关于书籍方面的意见。我在写作时，总得在停笔后读一些书。如果你继续考虑着写作，你就会失去你在写的东西的头绪，第二天就会写不下去。必须锻炼锻炼身体，使身体感到疲劳，如果能跟你所爱的人做爱，那就更好了。那比干什么都强。但是在这以后，当你心里感到空落落的，就必须读点书，免得在你能重新工作以前想到写作或者为写作而烦恼。我已经学会决不要把我的写作之井汲空，而总要在井底深处还留下一些水的时候停笔，并让那给井供水的泉源在夜里把井重新灌满。

为了让我的脑子不再去想写作，我有时在工作以后会读一些当

葛德鲁德·斯泰因在巴黎花园路 27 号寓所内

时正在写作的作家的作品，像奥尔德斯·赫胥黎、戴·赫·劳伦斯或者任何哪个已有作品问世的作家，只要我能从西尔维亚·比奇②的图书馆或者塞纳河畔码头书摊上弄得到。

---

① 即现在通称的“黑色幽默”。

② 西尔维亚·比奇（Silvia Beach，1887—1962）生于美国，14 岁随父来到巴黎，爱上法国和法国文学，1919 年在巴黎奥德翁路开设书店莎士比亚公司，出售图书杂志，并设“出租图书馆”，长期成为法国文艺界人士以及侨居巴黎的英美作家的活动中心。1922 年 2 月大力支持乔伊斯在她的图书公司出版《尤利西斯》。1941 年乔伊斯病逝于苏黎世。同年，莎士比亚公司亦被纳粹关闭，比奇被拘于集中营达 6 个月，后从集中营逃出，躲藏在巴黎，直至海明威随盟军打回巴黎，帮她清除了在屋顶上打冷枪的德国鬼子。

“赫胥黎是个没生气的人，”斯泰因小姐说。“你为什么要去读一个没生气的人的作品呢？你难道看不出他毫无生气吗？”

我那时看不出他是个没生气的人，我就说他的书能给我消遣，使我不用思索。

“你应该只读那些真正好的书或者显而易见的坏书。”

“整个今年和去年冬天我都在读真正好的书，而明年冬天我还将读真正好的书，可我不喜欢那些显而易见的坏书。”

“你为什么要读这种垃圾？这是华而不实的垃圾，海明威。是一个没生气的人写出来的。”

“我想看看他们在写些什么，”我说。“而且这样能使我的脑子不想去写这种东西。”

“你现在还读谁的作品？”

“戴·赫·劳伦斯，”我说。“他写了几篇非常好的短篇小说，有一篇叫做《普鲁士军官》。”

“我试图读他的长篇小说。他使人无法忍受。他可悲而又荒谬。他写得像个有病的人。”

“我喜欢他的《儿子与情人》和《白孔雀》，”我说。“也许后者并不那么好。我没法读《恋爱中的女人》。”

“如果你不想读坏的书，想读一点能吸引你的兴趣而且自有其奇妙之处的东西，你该读玛丽·贝洛克·朗兹①。”

我那时还从未听到过她的名字，于是斯泰因小姐把那本关于“开膛手”杰克的绝妙的小说《房客》和另一本关于发生在巴黎郊外一处只可能是昂吉安温泉城②的谋杀案的作品借给我看。这两本

① 玛丽·贝洛克·朗兹（Marie Belloc Lowndes，1868—1947），英国小说家，擅写历史小说及凶杀疑案故事。《房客》（1913）曾被搬上银幕。

② 昂吉安温泉城位于巴黎北郊，为巴黎人常去的旅游胜地。

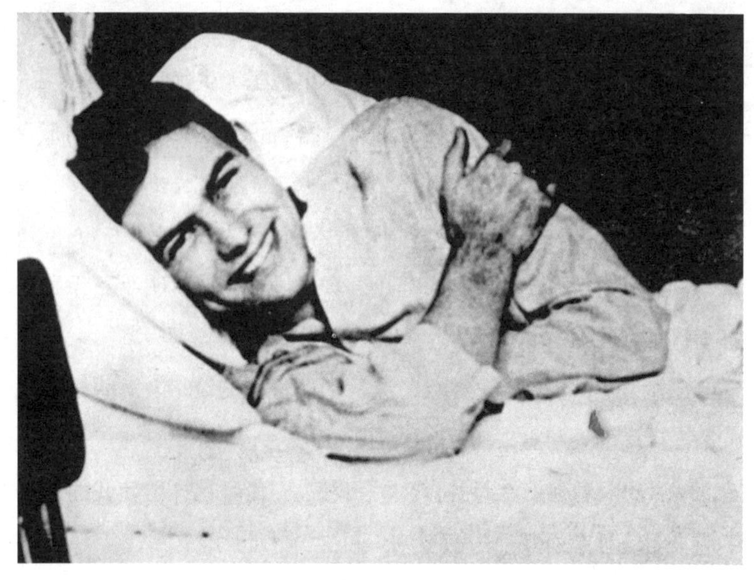

一次大战时期正在养伤的海明威

都是工作之余的上好读物，人物可信，情节和恐怖场面绝无虚假之感。它们作为你工作以后的读物是再好没有了。于是我读了所有能弄到的贝洛克·朗兹太太的作品。可是她的作品也不过就是那个样，没有一本像前面提到的那两本那么好，而在西默农[①]最早一批优秀作品问世前，我从未发现有任何书像她这两本那样适宜在白天或夜晚你感到空虚时阅读的。

我以为斯泰因小姐会喜欢西默农的佳作——我读的第一本不是《第一号船闸》就是《运河上的房子》——但是我不能肯定，因为我结识斯泰因小姐时，她不爱读法语作品，虽然她爱说法语。珍妮特·弗朗纳[②]给了我这两本我最初读的西默农的作品。她爱读法文

① 西默农（George Simenon，1903—1989），比利时法语多产作家，其著名作品有"梅格莱探案"的系列小说。

② 珍妮特·弗朗纳（Janet Flanner，1892—1978）为当时美国《纽约人》周刊驻巴黎的记者。

书，她早在西默农担任报道犯罪案件的记者时，就读他的作品了。

在我们是亲密朋友的那三四年里，我记不起葛特鲁德·斯泰因曾对任何没有撰文称赞过她的作品或者没有做过一些促进她的事业的工作的作家说过什么好话，只有罗纳德·弗班克[①]和后来的司各特·菲茨杰拉德是例外。我第一次遇见她时，她谈起舍伍德·安德森[②]时，不是把他当作一个作家，而是把他作为一个男人，热情洋溢地谈到他那双美丽温暖的意大利式的大眼睛和他的和气和迷人之处。我可不在意他的美丽温暖的意大利式的大眼睛，我倒是非常喜欢他的一些短篇小说。那些短篇写得很朴实，有些地方写得很美，而且他理解他笔下的那些人物，并且深深地关注着他们。斯泰因小姐不想谈他的短篇小说，总是谈他这个人。

"你觉得他的长篇小说怎么样？"我问她。她不想谈安德森的作品，正如她不愿谈乔伊斯的作品一样。只要你两次提起乔伊斯，你就不会再受到邀请上她那儿去了。这就像在一位将军面前称赞另一位将军。你第一次犯了这个错误，就学会再也不这样做了。然而，你永远可以在一位与之交谈的将军面前谈起另一位被他击败过的将军。你正与之交谈的将军便会大大称赞那位被他打败的将军，并且愉快地描述他如何把对方打败的细节。

安德森的短篇小说写得太好了，没法拿来当作一个愉快的话题。我正准备跟斯泰因小姐讲他的长篇小说写得多么出奇地糟，但是这样也不行，因为这样无疑就是批评她的最忠诚的支持者之一了。等他最后写了一部叫做《黑色的笑声》的长篇小说，写得实在

---

① 罗纳德·弗班克（Ronald Firbank，1886—1926），英国小说家，自小身弱，于剑桥大学肄业两年后，为恢复健康，到处去旅行，著有浪漫主义小说多种。

② 美国作家舍伍德·安德森（Sherwood Anderson，1876—1941）于1919年发表了《小城畸人》而成为红作家。

糟透了，又蠢又做作，我忍不住在一部戏拟之作[①]里批评了一番，这使斯泰因小姐非常生气。我攻击了她圈子里的一个成员。但是在这以前很长一段时间内，她并没有生过气。安德森作为一个作家垮台后，她就自己开始大肆吹捧他了。

她曾生过埃兹拉·庞德的气，因为他在一张不牢固而且毫无疑问是很不舒服的小椅子上坐下时坐得太快，结果把椅子压坏了，可能压得开裂了，而这把椅子很可能是故意给他坐的。没有考虑到他是个伟大的诗人，是个有礼貌很大方的人，本来是能给自己找一把大小适宜的椅子坐的。她把不喜欢埃兹拉的原因说得那么巧妙而且恶毒，那是多年以后才编造出来的。

正是在我们从加拿大回来后，住在乡村圣母院路，我跟斯泰因小姐还是亲密朋友的时候，她提出了迷惘的一代[②]这说法。她当时驾驶的那辆老式福特T型汽车的发火装置出了些毛病，而那个在汽车修理行工作的小伙子在大战的最后一年曾在部队里服过役，在修理斯泰因小姐的福特车时手艺不熟练，或者是没有打破别的车子先来先修的次序而提前给她修车。不管怎样，他没有认真对待，等斯泰因小姐提出了抗议，他被修理行老板狠狠地训斥了一顿。老板对他说，“你们都是迷惘的一代。”

“你就是这样的人。你们都是这样的人，”斯泰因小姐说。“你们这些在大战中服过役的年轻人都是。你们是迷惘的一代。”

“真的吗？”我说。

“你们就是，”她坚持说。“你们对什么都不尊重。你们总是喝

---

① 《黑色的笑声》出版于1925年，第二年海明威就发表模仿之作《春潮》，加以讽刺。

② 原文为法语，génération perdue，我们一向译作“迷惘的一代”，但用今天流行的词汇，该作“失落的一代”。

得酩酊大醉……”

“那个年轻的技工喝醉了吗？”我问道。

“当然没有。”

“你看见我喝醉过没有？”

“没有。可你的那些朋友都是醉醺醺的。”

“我喝醉过，”我说。“可是我从没有醉醺醺地上你这里来。”

“当然没有。我没有这么说。”

“那小伙子的老板很可能上午十一点钟就喝醉了，”我说。“所以他能说出这么动听的话来。”

“别跟我争辩了，海明威，”斯泰因小姐说。“这根本没有用。你们全是迷惘的一代，正像汽车修理行老板所说的那样。”

后来，等我写第一部长篇小说[①]的时候，我把斯泰因小姐引用汽车修理行老板的这句话跟《传道书》中的一段相对照。但是那天夜里走回家去的途中，我想起那个汽车修理行的小伙子，不知道在那些汽车被改装成救护车时他有没有被拉去开车[②]。我记得他们怎样装了一车伤员从山路下来狠狠踩住刹车，最后用了倒车排挡，常常把刹车都磨损，还记得那最后几辆车子怎样空车驶过山腰，为了让有优良的H形变速装置和金属刹车的大型菲亚特汽车来替代。我想到斯泰因小姐和舍伍德·安德森以及与自我中心和思想上的懒散相对的自我约束，我想到是谁在说谁是迷惘的一代呢？接着当我走近丁香园咖啡馆时，灯光正照在我的老朋友内伊元帅[③]的雕像

① 指《太阳照常升起》，作者把那句话和《圣经·传道书》第一章第四到第七节一起放在卷首。

② 作者想起自己1918年在意大利北部战线为红十字会志愿开救护车的情景。

③ 米歇尔·内伊（Michel Ney，1769—1815）为拿破仑手下最著名的元帅，骁勇善战的传奇式英雄，参加拿破仑的历次战争，1804年授元帅头衔，1812年拿破仑率军远征俄国，内伊被封为莫斯科亲王，法军自莫斯科撤退时任后卫部队指挥。

舍伍德·安德森

上，他拔出了指挥刀，树木的阴影洒落在这青铜雕像上，他孤零零地站在那儿，背后没有一个人，而滑铁卢一役他打得一败涂地。我想起所有的一代代人都让一些事情给搞得迷惘了，历来如此，今后也将永远如此，我便在丁香园坐下跟这雕像做伴，喝了一杯冰啤酒，才走回到我那在锯木厂上面的套间的家里。但是坐在那儿喝啤酒的时候，我注视着雕像，想起当年拿破仑带着科兰古[①]乘马车从莫斯科仓皇撤退时，内伊曾率领后卫部队亲身战斗过多少日子来着，我想起斯泰因小姐曾是个多么热情亲切的朋友，她谈起阿波里

① 科兰古侯爵（Armand Caulaincourt，1773—1827），法国将军、外交官，拿破仑时期的外交大臣。1804 年起为拿破仑的御马总管，历次大战中追随皇帝左右。他的回忆录是 1812—1814 年时期的重要史料。

奈尔时谈得多么精彩，谈起他在1918年停战的那天去世，当时群众高喊“打倒纪尧姆”，而阿波里奈尔在神志昏迷之际以为他们在高喊反对他①，而且我想我要尽我的力量并且尽可能长久地为她效劳，务必使她所作出的出色的工作得到公正的评价，所以愿上帝和迈克·内伊②帮助我吧。但是让她说的什么迷惘的一代那一套跟所有那些肮脏的随便贴上的标签都见鬼去吧。等我到了家，走进院子上了楼，看见我的妻子和儿子还有他的小猫“F”时，他们都很快活，壁炉里生着火，我就对妻子说：“你知道，不管怎么说，葛特鲁德是个好人。”

“当然，塔迪。”

“可有时她确实会说一大堆废话。”

“我可从没听她讲过，”我的妻子说。“我是做妻子的。跟我说话的是她那个同伴。”

---

① 法国现代主义诗人阿波里奈尔（Guillaune Apollinaire，1880—1918）名纪尧姆，但此处群众要打倒的是德皇威廉二世，因纪尧姆是威廉在法语中的读音。

② 迈克为内伊的名字米歇尔在英语中的爱称。

拉普街四季舞厅

莎士比亚图书公司

在那些日子里，我没有钱买书。我从莎士比亚图书公司出借书籍的图书馆借书看。莎士比亚图书公司是西尔维亚·比奇开设在奥德翁剧院路12号的一家图书馆和书店。在一条刮着寒风的街上，这是个温暖而惬意的去处，冬天生着一只大火炉，桌子上和书架上都摆满了书，橱窗里摆的是新书，墙上挂的是已经去世的和当今健在的著名作家的照片。那些照片看起来全像是快照，连那些故世的作家看上去也像还活着似的。西尔维亚有一张充满生气、轮廓分明的脸，褐色的眼睛像小动物的那样灵活，像年轻姑娘的那样欢快，波浪式的褐色头发从她漂亮的额角往后梳，很浓密，一直修剪到她耳朵下面和她穿的褐色天鹅绒外套的领子相齐。她的腿很美，她和气、愉快、关心人，喜欢说笑话，也爱闲聊。我认识的人中间没有一个比她待我更好。

我第一次走进这家书店的时候心里很胆怯，因为身上没有足够的钱参加那出借图书馆。她告诉我可以等我有了钱再付押金，就让我填了一张卡，说我可以想借多少本书就借多少。

她没有理由信任我。她并不认识我，而我给她的地址，勒穆瓦纳红衣主教路74号，又是在一个不能再穷的地区。但她是那么高兴，那么动人，并且表示欢迎，她身后是一个个摆满着图书也就是这家图书馆的财富的书架，像墙壁一般高，一直伸展到通向大楼内院的那间里屋。

我从屠格涅夫开始，借了两卷本的《猎人笔记》和戴·赫·劳

和西尔维亚·比奇摄于莎士比亚图书公司门前

伦斯的一部早期作品，我想是《儿子与情人》吧，可西尔维亚对我说想多借一些也行。我便选了康斯坦斯·迦纳译的《战争与和平》和陀思妥耶夫斯基的《赌徒及其他》。

“如果你要把这些都读完，就不会很快回到这儿来，”西尔维亚说。

“我会回来付押金的，”我说。“我在我的住处有钱。”

“我不是这个意思，”她说。“你可以在任何方便的时候付。”

“乔伊斯一般什么时候上这儿来？”我问道。

“要是他来，平常总要在下午很晚的时候，”她说。“你见过他吗？”

“我们在米肖餐馆见到过他跟家人在一起吃饭，”我说。“可是在人家吃饭的时候盯着人家看是不礼貌的，而米肖餐馆的价格又很贵。”

“你常在家吃饭吗？”

“现在大都这样，”我说。“我们有个好厨师。”

“在你那地区附近没有什么餐馆，是吗？”

“没有。你怎么知道的？”

“拉尔博[①]在那儿住过，”她说。“他非常喜欢那地段，可惜就是没有餐馆。”

“最近的一家价廉物美的饭店要跑到先贤祠那一带。”

“那一带我不熟悉。我们都在家就餐。你跟你的妻子哪天务必上我家来玩。”

“等我来给你付押金的时候吧，”我说。“但是非常感谢你。”

---

① 瓦莱里·拉尔博（Valery Larbaud，1881—1957）为法国小说家、诗人、评论家，曾把柯勒律治及乔伊斯等欧洲作家的作品译成法语出版。

庞德在莎士比亚图书公司

“书别看得太快啦，”她说。

在勒穆瓦纳红衣主教路的家是一个有两居室的套间，没有热水也没有室内盥洗设施，只有一只消毒的便桶，用惯了密歇根州那种户外厕所间的人是并不觉得不舒适的。但是可以眺望到美丽的景色，地板上铺一块上好的弹簧褥垫做一张舒适的床，墙上挂着我们喜爱的画，这仍不失为一个使人感到欢乐愉快的套间。我拿了这些书回到家里，把我新发现的好地方告诉我的妻子。

“可是，塔迪，你一定要今天下午就去把押金付了，”她说。

“我当然会这样做的，”我说。“我们俩都去。然后沿着塞纳河和码头去散步。”

“我们可以沿塞纳河路散步，去看所有的画廊和商店的橱窗。”

“对。我们可以上任何地方去散步，我们可以上一家新开的咖啡馆去待会儿，那儿我们谁也不认识，也没人认识我们，我们可以喝一杯。”

“我们可以喝上两杯。”

“然后可以找个地方吃饭。”

“不，别忘了我们还得付图书馆押金呢。”

“我们要回家来，在家里吃，我们要吃一顿很好的晚餐，喝合作社买来的博讷酒[①]，你从那窗口就能看到橱窗上写着的博讷酒的价钱。随后我们读读书，然后上床做爱。”

“而且我们决不会爱任何其他人，只是彼此相爱。”

“对，决不。”

“多么好的一个下午和傍晚啊。现在我们还是吃中饭吧。”

“我饿极啦，”我说。“我在咖啡馆写作只喝了一杯奶咖。”

“写得怎么样，塔迪？”

“我认为不错。我希望这样。我们午餐吃什么？”

“小红萝卜，还有出色的小牛肝加土豆泥，加上一客苦苣色拉。还有苹果挞。”

“那么我们就可以有世界上所有的书籍阅读了，等我们出门旅

① 产于法国中东部的博讷城的一种普通干红葡萄酒。

行的时候就能带这些书去了。”

“这样做对得起人吗？”

“没问题。”

“她那儿也有亨利·詹姆斯的书吗？”

“当然。”

“哎呀，”她说。“我们运气真好，你发现了那个地方。”

“我们一向是运气好的，”我说，像个傻瓜，我没有用手去敲敲木头[①]。公寓里也到处有的是木头可以让人去敲啊。

---

① 西方迷信，人们认为在夸自己有好运气以后要用手敲敲木头，以免好运气跑掉。

西岱岛的焰火，近巴黎圣母院

等我们走进了房间，上了床在黑暗中做了爱，我还是感到饥饿。半夜醒来发现窗子都开着，月光照在高耸的建筑的屋顶上，这饥饿的感觉还在。我把脸从月光下转向暗处，可是睡不着，就躺着想这到底是怎么回事。我们俩在夜里醒了两次，现在月光照在她脸上，她睡得正香。

我非得把这一点想出个究竟来，可是我太笨了。那天早晨我醒来发现是个虚假的春天，听到那赶山羊群的人吹起的笛声，跑出楼去买赛马报，生活似乎显得就是那么简单。

但是巴黎是一座非常古老的城市，而我们却很年轻，这里什么都不简单，甚至贫穷、意外所得的钱财、月光、是与非以及那在月光下睡在你身边的人的呼吸，都不简单。

塞纳河畔的人们

从勒穆瓦纳红衣主教路的尽头走到塞纳河有很多条路。最短的一条是沿着这条路径直往前，但是路很陡，等你走上平坦的路段，穿过圣日耳曼林荫大道街口繁忙的交通车辆以后，来到一个没生气的地方，那里伸展着一条荒凉向风的河岸，右边就是那葡萄酒市场。它和巴黎其他任何市场都不同，只是一种扣存葡萄酒以待完税的仓库，从外面看去阴沉沉的像个兵站，或者俘虏营。

跨过塞纳河的支流就是圣路易岛，上面有狭窄的街道和又老又高的美丽的房子，你可以渡河上那儿去，或者向左拐，沿着同圣路易岛一样长的码头走，再向前走，便到了圣母院和城中岛[①]的对面。

在沿码头的书摊上，你有时能发现有刚出版的美国书出售，价钱很便宜。银塔饭店楼上有几间房间，在那些日子里他们把房间出租，给住在那儿的人在餐厅用餐享受折扣优待，如果房客们离去时留下什么书籍，旅馆中的茶房就把那些书卖给沿码头不远处的一家书摊，你就可以从女摊主手里花很少几个法郎买下。她对用英语写的书缺乏信心，买下这些书她几乎没有付什么钱，因此只要能得到一点薄利就马上脱手。

“这些书有什么值得一读的吗？”我们成了朋友后，她问我。

“有时候有本把值得一读。”

“教人怎样辨别呢？”

“等我把它们读了就能辨别啦。”

“可这仍旧多少是一种碰运气的行为。再说有多少人能读英文书？”

“把它们给我留着，让我浏览一遍。”

“不行。我不能把它们留着等你来。你并不经常经过这里。你总要隔好长一段时间才来一次。我可得尽快把它们卖掉。没有人能辨别它们是否有什么价值。要是它们原本是毫无价值的，我就永远别想把它们卖出去了。”

“那你怎样辨别一本有价值的法文书呢？”

“首先要有插图。其次是插图的质量问题。再次是看装订。如果是一本好书，书的主人就会把它像样地重新装订起来。英文书籍全都是装订好的，但是装订得很差②。没有办法从这一点来判别它们是好是坏。”

过了银塔饭店附近这家书摊，到奥古斯丁大码头以前，就没有别的书摊卖美国和英国书的了。从奥古斯丁大码头往前到伏尔泰码头再过去的地方有几个书摊出售他们从塞纳河左岸那些旅馆，特别是拥有比大多数旅馆都更有钱的顾客的伏尔泰旅馆的雇员那里买来的书籍。一天我问另一个女摊主，她是我的朋友，书籍的主人是否出卖过书籍。

“不，”她说。“这些书全都是他们扔掉的。因此人们就知道这些书没有什么价值。”

“是朋友们把这些书送给他们，让他们在船上阅读的。”

“没错儿，”她说。“他们准是把很多书都扔在船上了。”

---

① 城中岛即巴黎旧城，在塞纳河中，圣路易岛的西面，巴黎圣母院即位于该岛的西部。

② 法国书一般为普通的纸面本，让人用皮革重新装订，比英美的硬面本高档。

"他们就这样把书撂下了，"我说。"航运公司保存了这些书并且重新装订好，它们就成了船上的藏书。"

"这倒是一种聪明的做法，"她说。"至少这样书就装订得像个样子了。像这样的一本书也就有价值了。"

在我写作余暇或者思考什么问题时，我就会沿着塞纳河边的码头漫步。如果我散着步，有些事干或者看别人在干着一些他们熟悉的事，我思考起来就比较容易。在城中岛的西端，新桥南面，在亨利四世雕像的所在地，岛最终变得像一个尖尖的船头，那儿临水有个小公园，长着一片优美的栗树，树干高大而枝叶纷披。在塞纳河中形成的急流和回水流经之处有不少适宜垂钓的好地方。你走下一段台阶到那小公园，就能看见捕鱼的人们在那儿和在大桥下钓鱼。垂钓的好地点随着河水涨落而变化，捕鱼人用长长的连接起来的钓竿，但是用很细的接钩线和轻巧的渔具和羽毛管浮子钓鱼，老练地在他们垂钓的那片水域里诱鱼上钩。他们总能钓到一些鱼，他们经常成绩可观，能钓到很多像鲦鱼那样的鱼，他们称之为鮈鱼。这种鱼整条放在油里煎了吃味道很鲜美，我能吃下一大盘。这种鱼长得很肥壮，肉质鲜美，味道甚至超过新鲜的沙丁鱼，而且一点也不油腻，我们吃的时候连骨头一起吃下去。

吃鮈鱼的一个最佳去处是在下默东的一家建筑在河上的露天餐厅，在我们有钱离开我们的拉丁区出游时就上那儿去。那餐厅叫"神奇渔场"，卖得有一种极好的白葡萄酒，那是麝香葡萄酒[①]的一种。这是莫泊桑的一个短篇小说中出现过的地方，西斯莱[②]曾画过

---

① 麝香葡萄酒产于法国西部卢瓦尔河下游的南特一带，由那里特产的麝香葡萄酿成。

② 阿尔弗雷德·西斯莱（Alfred Sinley，1839—1899），法国画家，擅作风景画，其作品色彩十分柔美和谐，所画雪景尤有魅力。他的许多最佳作品是1872—1880年间在巴黎等地与莫奈亲密相处的那段时间完成的。

那俯视河上的景色。你不用跑那么远去吃鮈鱼。你在圣路易岛上就能吃到一份很好的油炸鮈鱼。

我认得几个在圣路易岛和绿林好汉广场①之间的塞纳河多鱼的水域钓鱼的人，有时候天气晴朗，我会买上一升葡萄酒、一只面包和一些香肠，坐在阳光下阅读一本我买来的书，观看他们钓鱼。

有些游记作家写到在塞纳河上垂钓的人们，把他们写得似乎是疯子，从未钓到过一尾鱼；但那是认真的饶有捕获的垂钓。那些捕鱼人大都是靠很少的养老金过活的人，那时他们还不知道一旦通货膨胀，那一点儿养老金就会变得微不足道，还有一些是钓鱼迷，他们逢到有一天半天的休假就去钓鱼。更适宜垂钓的地方是在夏朗通，马恩河在那儿汇入塞纳河，而巴黎的东西两边都适合垂钓，但是在巴黎本身也有非常好的钓鱼场所。我没有去钓鱼，因为我没有渔具，而且我宁愿省下钱来到西班牙去钓鱼。再说，那时我也根本不知道什么时候我的写作能告一段落，也不知道什么时候我不得不出门，我可不想迷恋于此道而不能自拔，而钓鱼这活动是有它的旺季和淡季的。但是我密切关注它，学会一点有关知识很有意思，感觉良好，知道就在本城有人在钓鱼，有着健康的认真的垂钓活动，还把一些供油炸的鱼带回家去给他们的家人，总是让我很快活。

有了那些捕鱼人和塞纳河上的生活动态，还有在船上自有其自己的生活的漂亮驳船，那些烟囱可向后折叠以便从桥下通过的拖轮，拖曳着一长列驳船，还有河边石堤上高大的榆树、梧桐树，有些地方则是白杨，我沿河散步时就从不感到孤独。城里有那么多树木，你每天都能看到春天在来临，直到一夜暖风突然在一个早晨把它带来了。有时一阵阵寒冷的大雨会又把它打回去，这样一来似乎

① 该广场位于城中岛的西端，即上文提到的像尖尖的船头的地方。

它再不会来了，而你的生活中将失去一个季节。在巴黎这是唯一真正叫人悲哀的时刻，因为这是违反自然的。在秋天感到悲哀是你意料之中的。每年叶子从树上掉落，光秃的树枝迎着寒风和凛冽的冬天的阳光，这时你身子的一部分就死去了。但是你知道春天总会来到，正如你知道河水冰结了又会流淌一样。当冷雨不停地下，扼杀了春天的时候，这就仿佛一个年轻人毫无道理地夭折了。

然而，在那些日子里，春天最后总是来临，但是使人心惊的是它差一点来不了。

“穹庐”咖啡馆里的艺术家

一个虚假的春季

当春天来临，即使是虚假的春天，除了寻找什么地方能使人过得最快活以外，再没有别的问题了。唯一能败坏一天的兴致的要算人了，而如果你能做到不跟别人约会，那么每一天都没有止境了。对你的愉快心情构成障碍的总是人，除非是极少数像春天那样美好的人。

每当春天早晨，我很早就起来写作，而我的妻子犹酣睡未醒。窗子都敞开着，街上夜雨淋湿的鹅卵石路面正在干燥起来。太阳正在把窗子对面那些房子的潮湿的门面晒干。店铺还都没有开门。山羊倌吹着笛子从街上走来，住在我们上面一层楼的一个女人提着一把大壶从屋里走上人行道。那山羊倌挑了一只大乳房的黑色奶羊，把奶挤入壶中，这时他的狗则把其余的羊赶上人行道。羊群四面张望，像观光客似的转动着它们的头颈。山羊倌收了女人给他的钱，道过谢，便吹着笛子继续沿街走去，狗领着羊群在前面走，羊角上下摆动着。我继续写作，而那女人提着羊奶走上楼来。她穿了做清洁工作的毡底鞋，因此我只能听到她在我们门外楼梯上停下时喘气的声音，接着她关上了她的房门。在我们的大楼里，她是羊奶的唯一顾客。

我决定下楼去买一份早晨版的赛马报。没有一个居民区会穷得连一份赛马报都没有，可是在这样的日子，你得趁早去买。我在壕沟外护墙广场拐角的笛卡尔路上买到了一份。那些山羊正顺着笛卡尔路走去，我吸着清新的空气，快步走回去，爬上楼梯去完成我的

海明威与哈德莉

工作。我很想留在外面，跟着山羊一起在清晨的街道上走。但是在我重新开始工作之前，我看了一下报纸。有人要在昂吉安，那个漂亮的、扒手横行的小型赛马场举行赛马，那里是圈外人会集之所。

所以，在那天我完成工作后，我们就想去看赛马。我干新闻工作的那家多伦多报社给我汇来了一笔钱，如果能发现一匹合适的马，我们就想在它身上好好赌一把。我的妻子一度在奥特伊跑马场赌过一匹名叫金山羊的马，它的赔率为一百二十比一，它领先了二十个马身，可是在最后一次跳栏时摔倒了，我们也就输掉了够我们维持六个月生活的积蓄。我尽量不去想这事。那年直到金山羊摔倒之前，我们一直赢钱。

"我们真的有足够的钱去下赌注吗，塔迪？"我的妻子问我。

"没有。我们只能考虑花我们手头现有的钱。有什么别的东西，你宁愿在那上面花钱吗？"

"哦，"她说。

"我知道。这一阵过得很艰苦，而我在花钱方面总是手面很紧而且吝啬。"

"不，"她说。"可是——"

我知道我一向是多么苛刻，而且境况又是多么糟。一个干着工作并从工作中得到满足的人，是不会被贫穷所困扰的。我想到地位比我们低的人拥有澡盆、淋浴设备和抽水马桶之类的东西，或者你出外旅行时能享用的东西——我们倒是经常旅行的。在塞纳河边那条街的尽头处始终有一家公共澡堂。我妻子从未为这些事情抱怨过一次，当初金山羊摔倒时也没多哭过。我记得她是为了这匹马而不是为了输钱才哭的。她需要一件灰色羔羊皮短上衣，而我一无所知，可是一旦她买来了，我却很喜欢。我在别的一些事情上也是显得很愚钝的。这一切全是你跟贫穷作斗争的内容，除非你根本不花钱，否则你是决不会取胜的。尤其是如果你买画而不买衣服的话。但是那时我们从未想到我们自己穷。我们不接受这个概念。我们认为我们是高人一等的，我们看不起并且理所当然地不予信任的其他人却是有钱的。拿圆领长袖运动衫当内衣穿来保暖御寒，在我看来毫无奇怪之处。这只在有钱人眼里才显得古怪。我们吃得不错而且便宜，我们喝得不错而且便宜，我们睡得很好而且睡在一起很温暖，相亲相爱。

“我想我们应该去看赛马，”我的妻子说。“我们有好长时间没有去啦。我们可以带一份午餐和一点酒去。我会做一些可口的三明治。”

“我们可以乘火车去，这样比较便宜。但是如果你认为我们不该去，那就别去。我们今天不论干什么都会是有趣的。今天是个美妙的日子。”

“我认为我们应该去。”

“你不想把钱用在别的方面吗？”

“不想，”她高傲地说。她长着可爱的高颧骨，显得高傲。“不管怎么说，我们是什么人啊？”

这样，我们就从北站乘火车出发，穿过城里最脏最糟的地区，然后从铁路的侧线走到那绿洲般的赛马场。时间尚早，我们就在新修剪过的绿草堤上铺上我的雨衣，坐下吃午餐，就着瓶子喝葡萄酒，观看那古老的大看台、那些棕色的购马票的木制小间、绿色的跑道、一道道暗绿色的跳栏、褐色闪光的障碍水沟、刷白的石墙和白色的柱子及栏杆、在新近透出绿叶的树林下的围场，以及正被带往围场的第一批马。我们又喝了一些葡萄酒，研究赛马报上的程序表，我妻子在雨衣上躺下睡着了，太阳正照在她的脸上。我走过去，发现有一位过去在米兰的圣西罗赛马场结识的熟人。他给我提了两匹马的名字。

“记着，它们是不值得下大赌注的。但是也别让这赔率叫你不想下注了。”

我们用打算花费的一半钱押在第一匹马上，它的赔率是十二比一，它跳越得很漂亮，在跑道远远那一端跑在头里，到达终点时领先四个马身。我们把赢来的钱留下一半，把它收起，用另一半赌那第二匹马，只见它向前冲去，跃过一道道跳栏，一路领先，每次跳跃起，两下鞭打，在平地上刚刚跑到终点线，那匹众望所归的马就紧跟上来了。

我们到看台下面的酒吧去喝杯香槟，一面等待公布赢马配的金额。

“啊呀，赛马真是让人挺难受的，”我的妻子说。“你可曾看见那匹马在后面追它吗？”

“我心里这会儿还能感觉到呢。”

“它能配多少钱？”

“牌价上写的是十八比一。但是人家可能最后又下了不少注。”

马群走过面前，我们的那匹湿漉漉的，鼻孔张大着喘气，骑师轻轻拍打着它。

“可怜的马儿，”我的妻子说。“我们只不过下下注罢了。”

我们注视着它们在面前经过，又喝了一杯香槟，然后那赢金的牌价亮出来了：85。这意味着押十法郎能拿到八十五法郎。

“人家准是在最后关头押下了一大笔钱[①]，”我说。

---

① 他们买马票时赔率为18比1，结果拿到的是8.5比1，说明最后关头有很多人也买了这马的马票，才使赔率大幅度下降。

但是我们赢了不少钱，对我们来说，这是一大笔钱了，这时我们有了春天，也有了钱。我想这正是我们所需要的一切。像这样的一天，如果你把赢来的钱分成四份，每人花四分之一，还可以留下一半作为今后看赛马的本钱。我把这笔本钱悄悄藏起来，不同其他的钱相混。

那年在这以后我们有次旅行归来，又有一天在一家赛马场遇上了好运气，于是在回家途中在普律尼埃饭店前停下，观看了橱窗里明码标价的所有美馐佳肴以后，走进去在吧台前坐下。我们要了牡蛎和墨西哥螃蟹，加上两杯桑塞尔葡萄酒。我们在黑暗中穿过杜伊勒里公园[①]走回去，停下步来，越过骑兵竞技场拱门眺望这黑沉沉的花园，以及这一片憧憧黑影后面的协和广场的灯火，再过去是两长列逐渐升高的灯火直达凯旋门。接着我们回头向卢浮宫的暗处看去，我说："你真的认为这三座拱门是成一直线的吗？这两座跟米兰的塞米昂纳拱门？"

"我不知道，塔迪。人家这么说来着，那他们是应该知道的。你可记得我们当初在雪地里登山，最后到达圣伯纳山隘[②]的意大利那一边，进入了春天，你跟钦克[③]和我一整天就在这春光里下山到了奥俄斯泰城？"

"钦克把这称作'穿了上街的鞋子翻过圣伯纳山口'。还记得你的鞋子吗？"

"我可怜的鞋子。你可记得我们在美术馆旁的比菲咖啡馆吃什锦水果杯，吃盛在加有冰块的大玻璃罐里兑上卡普里白葡萄酒的新

---

① 以杜伊勒里宫得名，该王宫于1871年被焚，现为巴黎著名花园。

② 圣伯纳山隘位于瑞士西南端，为横贯瑞士和意大利国境线的阿尔卑斯山的一个山隘。从那里可朝南下山到达意大利西北端的城市奥俄斯泰。

③ 钦克为海明威好友爱尔兰军官埃里克·爱德华·多尔曼-史密斯的外号。海明威在米兰医院养伤时和他结识，成为终身好友。

鲜桃子和野草莓吗？”

“正是在那时候使我琢磨起那三座拱门来。”

“我记得塞米昂纳拱门。它就像这座拱门。”

“你可记得在艾格尔[①]的那家客栈，那天我在钓鱼，你和钦克一起坐在花园里看书？”

“记得，塔迪。”

我记得那河面很窄、河水灰暗而且有大量雪水的罗讷河，河的两岸都有一条可以捕鳟鱼的溪流，施托卡普河和罗讷支流。那天施托卡普河河水实在清澈，而罗讷河的那条支流仍然是黑黝黝的。

“你还记得正当七叶树开花的时候，我怎样竭力想回忆起我想是吉姆·甘布尔[②]给我讲过的那个关于紫藤花的故事，可我却始终记不起来了？”

“我记得，塔迪，而你跟钦克两人总是讲到要怎样把事情弄得清清楚楚，把它们写下来，要表达得恰到好处而不用描绘。我什么都记得。有时他对，有时是你对。我还记得你们争论的灯光、结构和外形等具体情况。”

此刻我们已经穿过卢浮宫，走出院门，来到了外面的街对面，倚着石栏站在桥上，俯视桥下的流水。

“我们三个人什么事情都要争论一番，总是争论具体问题，我们还互相开玩笑。我们在整个旅途中干过的一切，说过的一切，我全都记得，”哈德莉说。“我记得清清楚楚。什么都记得。你跟钦克两人讲话的时候，总是包括我在内。可不像在斯泰因小姐家里只是

① 艾格尔位于瑞士西南部日内瓦湖的东南。

② 吉姆·甘布尔（Jim Gamble，1882—1958）为海明威在意大利北部当志愿兵时红十字会的上司，上尉军衔，是美国宝洁公司（Proctor & Gambls）的小开，曾建议资助海明威和米兰医院护士艾格尼斯在欧洲旅游一年。

一个做妻子的。”

“但愿我能记起紫藤花那个故事。”

“那无关紧要。重要的是葡萄树，塔迪。”

“你可记得我从艾格尔带回那个休假小木屋的葡萄酒吗？人家在客栈里卖给我们的。他们说这酒应该就着鳟鱼一起喝。我们把酒用《洛桑日报》包了带回家，我记得。”

“西昂[①]葡萄酒甚至更好。你还记得我们回到休假小木屋之后，甘吉斯韦施太太做奶汁鳟鱼来着？那可真是妙极的鳟鱼，塔迪，我们在外面门廊上一面喝西昂酒，一面吃鳟鱼，山坡从下面一路下削，我们能眺望日内瓦湖，隔湖望见积雪覆盖到半山腰的南高峰，望见罗讷河流入那湖的湖口附近的树林。”

“我们在冬天和春天总是要想念钦克。”

“总是这样，而现在春天快过去了，我还在想念他。”

钦克是个职业军人，从桑赫斯特[②]毕业后就去了蒙斯前线。我第一次遇见他是在意大利，他成了我的莫逆之交，接着很长一段时间内成了我们两人的莫逆之交。那时他每逢休假，总跟我们一起玩。

“他打算下一个春天争取到假期。上星期他从科隆写过信来。”

“我知道，这回我们可得享受眼前的生活，一分钟也不放过。”

“我们现在正注视着河水，水正冲击着这座扶墙。我们朝河的上游望去，看看能望见什么。”

---

① 西昂（Sion）为位于瑞士西南部罗讷河畔的一古城。

② 桑赫斯特（Sandhurst），指英国皇家军事学院，该学院位于伦敦西面的桑赫斯特镇，故名。

我们望着，只见一切都在眼前：我们的这条塞纳河，我们的这座城市和我们这城市的这座岛。

“我们太幸运啦，”她说。“我希望钦克能来。他关心着我们。”

“他可不这样想。”

“当然不会这么想。”

“他想我们是一起在探险。”

“我们是这样。但那决定于你探什么样的险。”

我们走过桥去，来到这条河的我们这一边。

“你又饿了吗？”我说。“我们。又说又走的。”

“当然啦，塔迪。难道你不饿？”

“我们去一个非常好的地方，吃一顿丰盛的晚餐吧。”

“哪儿？”

“米肖餐厅，好吗？”

“那好极了，而且离这儿很近。”

于是我们沿着教皇路走到雅各布路的拐角，不时停下观看橱窗里的画和家具。我们站在米肖餐厅的外面看贴出的菜单。餐厅内很拥挤，我们等待顾客出来，注意着那些边上的人们已经喝完了咖啡的桌子。

我们因为走路肚子又饿了，而米肖对我们来说是一家令人兴奋和昂贵的餐厅。当时乔伊斯常和他的家人去那儿吃饭，他和他妻子背靠墙坐着，乔伊斯一只手举着菜单，透过厚厚的眼镜片瞅着菜单；诺拉[①]，一个胃口很大但很娇气的食客，坐在他的身边；乔吉

① 乔伊斯和诺拉·巴纳克尔于1904年开始同居，生有一子乔吉奥和一女露西亚，1920年起定居巴黎，成为专业作家。他和诺拉到1931年才正式结婚。

奥显得清瘦，从后面看去，头发贼亮，有点像纨绔子弟；露西亚，长着一头浓浓的鬈发，是一个还没有怎么长大的姑娘；他们全都讲意大利语[①]。

站在那里，我琢磨着我们在桥上的感受到底有多少仅仅是饥饿。我问我的妻子，她说："我不知道，塔迪。饥饿有很多种类。逢到春天，种类就更多了。但是现在饥饿已经过去了。记忆就成了饥饿。"

我说了蠢话，便往窗子里望去，看见两客腓力牛排正端上桌子，我这才清楚我干脆就是肚子饿。

"你说过今天我们很幸运。我们当然如此。我们可是得到了很好的建议和信息啊。"

她笑出声来。

"我可不是指赛马啊。你真是个缺乏想象力的小伙子。我说幸运是指别的方面。"

"我可不认为钦克喜欢看赛马，"我这一说使我显得更蠢了。

"对。他只是在骑马的时候才关心。"

"你还想去看赛马吗？"

"当然。而且现在我们可以爱什么时候再去就去了。"

"但是你真的想去吗？"

"当然。你也想去，不是吗？"

我们进了米肖餐厅，美美地吃了一餐；但是等我们吃好了，再也没有饥饿的问题了，却在乘上公共汽车回家时，那种我们在桥上感到的类似饥饿的感觉依然存在。等我们走进了房间，上了床在黑

---

① 乔伊斯于 1905 年起先后在今意大利东北部的的里雅斯特港和瑞士的苏黎世教授英语，至 1920 年才定居巴黎。

暗中做了爱，我还是感到饥饿。半夜醒来发现窗子都开着，月光照在高耸的建筑的屋顶上，这饥饿的感觉还在。我把脸从月光下转向暗处，可是睡不着，就躺着想这到底是怎么回事。我们俩在夜里醒了两次，现在月光照在她的脸上，她睡得正香。我非得把这一点想出个究竟来，可是我太笨了。那天早晨我醒来发现是个虚假的春天，听到那赶山羊群的人吹起的笛声，跑出楼去买赛马报，生活似乎显得就是那么简单。

但是巴黎是一座非常古老的城市，而我们却很年轻，这里什么都不简单，甚至贫穷、意外所得的钱财、月光、是与非以及那在月光下睡在你身边的人的呼吸，都不简单。

四季舞厅场景

一项副业的终结

那一年以及后来的那几年在我清晨工作以后，我们有好多次一起去看赛马，而哈德莉很欣赏赛马，有时甚至可说热爱。但这并不是在最后那片森林上方高山间的草地上的攀登，也不是走回到我们寄宿的那小木屋的那些夜晚，也不是跟我们最好的朋友钦克一起翻过一个高山隘口进入另一个国家。那也不是真正的赛马。那是在马身上下注赌博。但我们把它叫做赛马。

赛马从未在我们之间造成过隔阂，只有人才能做到这样；但有很长一段时间它紧紧地待在我们心中，像一个要求极高的朋友。这是对待它的宽宏大量的想法。我，这么一个对别人及其破坏性一向持非常公正的态度的人，能容忍这位最虚伪、最漂亮、最令人兴奋的邪恶而苛求的朋友，这是因为能从它那里获利。但是要从中获利，就需要把全部工作时间都投入怕还不够，而我没有时间这么干。但是我给自己证明赌赛马是正当的，因为我写过它，尽管到头来我写的东西全丢失了，只有一篇写赛马的短篇小说因为在邮寄途中而侥幸存留了下来。

如今我更多的是独自一人去看赛马，我聚精会神地投身其中，陷得难解又难分了。在赛马季节，只要有可能，我在奥特伊和昂吉安两个赛马场都赌。要克服不利的条件，明智地赌赛马，是一件要搭上全部时间的工作，而即使那样你也赢不到钱。这不过是纸上谈兵如此这般而已。你可以去买一张赛马报，它就能告诉你这些。

你得从奥特伊的看台最高处观看一场障碍赛，还得很快登上高

二十年代末的海明威

处，才能看到每匹马是怎么跳的，看到那匹本该取胜的马却没有获胜，并且看出为什么或者它是怎样没有做到它本来能够做到的。每次你押了一匹马，你注意那赌注与赢款之间的差额和赔率的一切变动，你还得了解那马这会儿情况怎么样，最后还得知道马房的训练人员要在什么时候让它试赛。遇到它试跑时，它可能总是被击败；但是到那时你就应该知道它获胜的机会如何了。这是一件苦差事，可是在奥特伊每天观看他们赛马是绝妙的，如果你能到场的话，看那些骏马在进行公正的比赛，你就开始熟悉那片场地，如同你以往熟悉的任何地方那样。最后你认识了很多人，骑师、驯马师、马主人以及许多马和许许多多的事儿。

原则上我只在认准了一匹马时才下赌注，但是有时候我发现有些马没有人信任，除了那些训练和乘骑它们的人，但我在它们身上下注却一次又一次地赢了。最后我停手不干了，因为花去的时间太多，我陷得越来越深了，对于在昂吉安发生的一切和在无障碍赛马场上发生的一切也知道得太多了。

我不再去赌赛马了，这时我感到很高兴，但是它留下了一种空虚之感。那时我懂得了不论是好事还是坏事，一旦停止了，总会留下一种空虚之感。如果那是坏事，这空虚之感就会自己填补起来。而如果那是好事，你就只能找一个更好的来填补。我把赌赛马的本钱放回到总的积蓄中去，感到轻松愉快。

我放弃赌赛马的那天，过河到塞纳河的对岸，在那时设在意大利人林荫大道拐角上的那家抵押信托公司的旅游服务台前碰到了我的朋友迈克·沃德。我正把赌赛马的本钱存进去，但我没有告诉任何人。我没有把这笔钱转入支票户，尽管我脑子里始终记得有这笔钱。

“想去吃午饭吗？”我问迈克。

“当然，小伙子。着啊，我能陪你一起去。怎么回事？你不是要去赛马场吗？”

“不。”

我们在卢瓦广场一家非常出色的普通小酒馆吃午餐，喝着绝妙的白葡萄酒。广场对面就是国家图书馆。

“你一向不常去赛马场，迈克，”我说。

“对。有好久没去了。”

“为什么就此不去了？”

“我不知道，”迈克说。“不。我当然知道。凡是得下了注才能得到刺激的都是不值得一看的。”

“你就此不去看看了吗？”

“有时也去看一场大赛。有良种的骏马参加的比赛。”

我们在这家小酒馆自制的好面包上涂上猪肉酱，喝着白葡萄酒。

“你过去对那些骏马很关心吗，迈克？”

“啊，是的。”

“你看比这更好的是什么？”

“自行车赛。”

“真的吗？”

“你不用下赌注。你会明白的。”

“跑赛马场得花费很多时间。”

“花得太多啦。占去了你所有的时间。我不喜欢那儿的人。”

“我过去非常爱好。”

“当然。你现在能对付得过去？”

“行。”

“不再去赛马场是件好事，”迈克说。

“我已经不再去了。”

“这样做很不易。听着，小伙子，哪天我们一起去看自行车赛。”

那是一件新鲜的好事，可是对此我懂得很少。然而我们并没有立即开始。那要待之来日。那将成为我们后来生活的一个重要部分，那时我们在巴黎生活的第一阶段给打断了。

但是有很长一段时间我们满足于回到我们在巴黎的那个区域，离跑马场远远的，把希望寄托在我们自己的生活和工作上，寄托在我们所熟知的那些画家上，不想靠赌博来谋生，并用别的名字去美化它。我已开始写很多关于自行车赛的短篇小说，但从没写出过一篇能跟那些在室内和室外赛车场以及在公路上的车赛比美的赛车小说。但是我要写出那在烟雾弥漫的午后阳光下的冬季赛车场，那高高的倾斜的木制跑道，赛车人骑车驶过时轮胎在硬木跑道上发出的呼呼声，赛车人爬高和下冲时作出的拼搏和采用的策略，每个人都成了他的车子的一部分；我要写出那中距离赛的魅力，那些摩托车的喧闹声，后面挂着领骑员[①]乘的拖斗，他们戴着沉重的防撞头盔，穿着笨重的皮夹克，身躯后倾，为跟随在他们后面的赛车人挡住迎面袭来的气流，而这些赛车人都戴着比较轻巧的防撞头盔，身躯低低地俯伏在车把上，两腿蹬着巨大的链轮，那些小前轮几乎碰到那辆为他们挡住气流的摩托车后面的拖斗，还有那比什么都激动人心的人与人的较量，摩托车噗噗噗地响着，赛车人胳膊肘挨着胳膊肘，轮子挨着轮子，一会儿爬高，一会儿下冲，飞快地绕着圈子，直到有人跟不上步调，突然掉了队，而原先那股被挡住了使他不致受到袭击的像一堵墙般坚实的气流，这时击中了他。

---

① 领骑员是在自行车比赛中骑摩托车在前面带路的人。

有多种多样的车赛。有连续的短程赛预赛或者两人对抗赛，那两名赛车人会在车上保持平衡不动好几秒钟，有意让对方领先以取得有利地位，然后慢慢盘旋环行，最后猛地一变而为冲刺，全凭速度取胜。还有些两小时的团体计时赛的节目，其中有可以消磨一个下午的一系列纯然是全速短程预赛，有一个人孤零零地进行的按计时表一小时能跑多远的完全比速度的项目，有在布法罗体育场那有五百米朝里倾斜的木制赛车道的大圆形赛车场上非常危险但很壮观的一百公里长程赛，还有在人们跟随大摩托车进行比赛的蒙特鲁奇露天体育场上，那了不起的比利时冠军利纳尔特，因为脸部从侧面看像苏族印第安人，人们管他叫“苏族人”，在最后冲刺关头狠狠地加速，需要饮料润喉时，他弯下头去通过连接他赛车服衬衣内的热水瓶的橡皮管啜吸樱桃白兰地，还有在奥特伊附近王子公园那条六百六十米水泥跑道上跟随大型摩托车进行的法国锦标赛，那是条最恶劣的跑道，我们看见过那著名赛车手加耐从车上栽下来，听到他的脑壳在防护头盔下给砸碎的声音，就像你在野餐时在一块石头上砸碎一只煮鸡蛋以便剥壳那样。我一定要写那历时六天的车赛的奇异世界和在山间举行的越野赛的惊心怵目的场面。法语是唯一适当地用来写车赛的语言，而所有的术语全都是法语，因此写起来就很困难。迈克说得对，没有必要去下赌注了。但那是在巴黎另一段时间发生的事了。

甘康普瓦街的小旅馆

饥饿是很好的锻炼

在巴黎，你如果吃得不够饱，就会感到饥肠辘辘，因为所有的面包房在橱窗里都摆着那样好的东西，而且人们在外面人行道上的桌边吃喝，因此你既能看到又能闻到食物。那时你已放弃新闻工作[①]，还没有写出一篇在美国有人愿意买的东西来，在家里打招呼说要跟什么朋友在外面吃午饭，那么最好的去处该是卢森堡公园，那里从天文台广场一直到沃日拉尔路一路上见不到闻不到一点吃的东西。从那里你总是能走进卢森堡博物馆，如果你腹内空空、饿得发慌，那些名画就全都显得更加鲜明，更加清晰也更加美了。我学会更深刻地理解塞尚，真正弄明白他是怎样创作那些风景画的，正是在我饥饿的时候。我曾经时常想知道他画画的时候是否也是挨着饿的；但是我想可能他只是忘记吃饭罢了。这正是当你失眠或饥饿的时候才有的一种不健康但颇有启发性的想法。后来我想，塞尚大概是在一种不同的方面感到饥饿吧。

你走出了卢森堡公园，就能沿着狭窄的费鲁路走到圣絮尔皮斯教堂广场，那里仍然没有一家餐馆，只有这静悄悄的广场和上面的那些长椅和树木。有一座喷泉和几头狮子的塑像，还有在人行道上踱步或栖息在那些主教塑像上的鸽子。还有那座教堂和在广场北边的出售宗教用品和祭祀法衣之类的商店。

从这广场向前走，如果不经过那些卖水果、蔬菜、葡萄酒的店铺或者面包房和糕饼点心店，你就没法走向塞纳河。但如果你小心选择路径，可以从你右边绕过那由灰色和白色石头构筑的教堂到达

三十年代的海明威

奥德翁剧院路，然后向右拐弯走向西尔维亚·比奇的书店，这一路上不会经过多少卖吃食的地方。奥德翁剧院路上没有吃喝的去处，你要走到广场才有三家餐馆。

等你到达奥德翁剧院路12号[②]，你的饥饿已经给抑制下去了，可是你所有的感觉却又加强了。那里悬挂的照片看起来不同凡响，你看到一些以前从未看到的书籍。

“你真太瘦了，海明威，”西尔维亚会这样说。“你吃得够饱吗？”

“当然。”

“午饭你吃了什么？”

我的胃几乎要翻动了，可是我会说，“我现在正打算回家吃饭去。”

“三点钟吃午饭？”

“我不知道已经这么晚了。”

“有天晚上阿德里安娜[③]说要请你和哈德莉吃晚饭。我们想请法尔格[④]来。你喜欢法尔格，是吧？或者请拉尔博。你喜欢他。我知道你喜欢他的。或者不论谁只要是你真正喜欢的。你跟哈德莉说

---

① 海明威于1921年9月与哈德莉结婚后，同年12月3日即乘船前往巴黎，因小说家舍伍德·安德森的介绍信而于翌年3月偕妻子步行前往斯泰因小姐的工作室拜访，自此结成友谊。当时海明威尚为加拿大《多伦多星报》驻欧洲记者，后因斯泰因认为新闻工作消耗创作的精力建议海明威辞去而专心从事创作，海明威接受了她的意见，自此成了一个专业作家。

② 就是西尔维亚·比奇小姐开设的莎士比亚图书公司所在地。除了斯泰因小姐的工作室和埃兹拉·庞德的工作室以外，这里是二十年代侨居巴黎的英美作家、艺术家的第三个汇聚中心。

③ 阿德里安娜·莫尼耶（Adrienne Monnier）为西尔维亚的同行，在附近开设书店，赞助文艺事业，和西尔维亚有同性恋关系。

④ 法尔格（Léon-Paul Fargue，1876—1957），法国象征主义诗人，当时已发表诗集多种，1930年后转向主要撰写有关巴黎生活的随笔。

一声好吗？”

“我知道她会乐意来的。”

“我要给她发一封气压信。这一阵你不能像样地吃饭，就别干得太辛苦了。”

“我不会的。”

“你马上回家吃午饭去，要不就太晚了。”

“他们会给我留着的。”

“也不要吃冷的东西。吃一顿热乎乎的中饭吧。”

“有我的信吗？”

“我想没有。可让我看一下。”

她看了一下，找到了一张通知单，快活地抬起头来，接着打开了她书桌下边一扇关着的门。

“这是在我出去时送来的，”她说。那是一封信，摸上去似乎里面附有纸币。“韦德尔科普，”西尔维亚说。

“那准是《横断面》[①]寄来的。你见过韦德尔科普吗？”

“没有。不过他跟乔治一起在巴黎。他会来看你的，别担心。也许他想先付给你钱。”

“那是六百法郎。他说还会再给一些。”

“真高兴你提醒我看看有没有信件。亲爱的好之又好的先生。”

“真是滑稽，我能出手一些稿子的唯一地方竟然是德国。卖给他，还有《法兰克福日报》。”

“是吗？可你千万别心烦。你可以拿些短篇小说卖给福特，”

---

① 《横断面》应是阿尔弗雷德·弗莱希特海姆在法兰克福创办的文艺月刊。但作者在121页上说是“柏林的”。

她逗我。

“一页稿子三十法郎。就算每三个月在《大西洋彼岸评论》上发表一个短篇吧。一个季度一个五页长的短篇只能得一百五十法郎。一年总共六百法郎。”

“可是，海明威，你别为这些短篇现在能给你多少钱心烦。重要的是你能写出这些短篇来。”

“我知道。我能写这些短篇。可没人愿意买啊。打从我不干新闻工作以来，没有到手过钱。”

“它们会卖出去的。瞧。你眼前不是就有一篇弄到了钱吗？”

“我很抱歉，西尔维亚。请原谅我说了这些。”

“原谅你什么？总免不了要说到这些的，或者说什么别的事。你难道不知道所有的作家说的都是他们的苦恼吗？可是答应我你别心烦，还有要吃得饱饱的。”

“我答应你。”

“那就回家去吃中饭吧。”

走到外面奥德翁剧院路上，我为自己说了那一大堆抱怨的话而厌恶自己。我现在干的正是出于我自己的自由意愿要干的事，只是我干得很蠢。我本该买一只大面包，把它吃了，而不该跳过一顿饭。我可以体味到那好吃的棕色面包皮的味道。但是不喝什么饮料，它在你嘴里就干巴巴的难以下咽。你这该死的爱抱怨的家伙。你这肮脏的假圣人和殉道者，我对自己说。你放弃新闻工作是出于自愿。你有信誉，西尔维亚肯借钱给你的。她借钱给你有好多次了。当然啰。这样，接下来你就会在其他方面作出妥协啦。饥饿是有益健康的，在你饥饿的时候看画确实是看得更清晰。然而吃饭也是很美妙的，你可知道此时此刻该上哪儿去吃饭？

利普饭店将是你去吃喝的地方。

利普饭店很快就能走到，每经过一个供吃喝的地方，我的胃，跟我的眼睛或鼻子一样很快就注意到了，这使这样的步行增添了乐趣。这啤酒餐厅里人很少，我在那张靠墙的长椅上坐下来，背后是一面大镜子，前面有张桌子，侍者问我要不要啤酒，我说来一杯上好的，来一大玻璃杯足足有一公升的，还要了一份土豆色拉。

啤酒很冷冽，非常好喝。油煎土豆很硬，在卤汁里泡过的，橄榄油味道很鲜美。我在土豆上撒了点儿黑胡椒面，把面包在橄榄油里浸湿。喝了一大口啤酒后，我慢慢地吃喝起来。油煎土豆吃完后，我又要了一客，加上一客烟熏香肠。这是一种像又粗又大的法兰克福红肠的东西，一劈为二，涂上特别的芥末酱。

我用面包把橄榄油和芥末酱一扫而光，慢慢地呷着啤酒，等到啤酒开始失去凉意，才一饮而尽，然后要了半升一杯的啤酒，看着侍者把酒注入杯内。这似乎比那杯上好啤酒更凉，我一口就喝下了半杯。

我向来并不心烦，我想。我知道我那些短篇小说是不错的，在国内终究会有人愿意出版的。当我停止干新闻工作时，我确信这些短篇小说就会出版的。可是我寄出的每一篇都给退了回来。使我充满信心的是爱德华·奥布赖恩[①]把我那篇《我的老头儿》编入了《最佳短篇小说选》，并且把那一年的那一集题献给我。这时我笑出了声，又喝了些啤酒。那个短篇从未在杂志上发表过，他却不顾一切破例把它收入选集。我又一次笑出了声，侍者看了我一眼。这很可笑，因为尽管做到了这一切，他居然把我的名字都拼错了。那是哈德莉那次把我写的作品全放在衣箱里在里昂车站给人偷去以后

① 爱德华·奥布赖恩（Edward O'Brien，1890—1941），美国作家、编辑。从1914年至1940年，每年编选发表一册《最佳短篇小说选》，影响不小。

仅存的两篇中的一篇，她原想把那些手稿带到洛桑来给我，让我惊喜，这样我们山区度假时我就可以在原稿上加工了。她当初把原稿、打字稿和复写的副本一古脑儿放进了一只只马尼拉纸纸夹中。我拥有这一篇小说的唯一原因是林肯·斯蒂芬斯[①]曾把它寄给一个编辑，这个编辑后来把它退了回来。于是在其他所有稿件都被偷走之际，它正在邮寄途中。另一个短篇则是叫做《在密歇根州北部》的那一篇，是在斯泰因小姐来我们的公寓之前写成的。因为她说这篇小说有伤大雅，我始终没有誊抄出来。它一直在什么地方的一个抽屉里放着。

所以在我们离开洛桑往南到了意大利以后，我把那篇写赛马的短篇[②]给奥布赖恩看。他是个文雅、腼腆的人，脸色苍白，长着一双淡蓝色的眼睛和一头他自己修剪的笔直难看的长发，当时他作为一个寄宿者住在一所俯临拉帕洛[③]的修道院里。那时我的处境很不好，自以为再也不能写什么了，于是把那篇小说当作一件新奇的东西给他看，就像你可能会愚蠢地把你说过已不知怎地丢失了的一只轮船上用的罗经柜给人看，或者像你抬起一只穿着皮靴的脚，开玩笑说在一次飞机失事后已给截去了。等他读了这个短篇，我看出他远比我为之伤心。我从没见过有谁曾被死亡或不堪忍受的苦难以外的什么事弄得这么伤心过，除了哈德莉在告诉我那些稿件全都不翼而飞的时候。她起先哭了又哭，没法启齿告诉我。我对她说不论发生了什么可怕的事情，没有什么事情能坏到那种程度，不管它是什

① 林肯·斯蒂芬新（Lincoln Steffens，1866—1936），美国记者、杂志编辑，擅写揭露政府及工商界腐败现象的文章，为新闻界揭发丑闻运动的主要领导人之一。

② 短篇小说《我老爹》写一个老骑师，最后在一次赛马中当场摔死。

③ 拉帕洛（Rapallo），位于意大利西北部热那亚港东的一个濒地中海的旅游城市。

么都没有问题，不用烦恼。我们会努力补救的。于是，她终于告诉了我。我相信她不会把复写的副本也一起带来的，就雇了一个人代替我去采访新闻。那时我干新闻工作很赚钱，便乘火车前往巴黎。情况确实是那样，我还记得我开门进了公寓，发现确实什么都没有了以后，那天晚上我都干了些什么。现在事情已经过去，而钦克曾教过我千万别谈论意外事故；因此我叫奥布赖恩别感到太难过。丢失了早期作品，也许对我是件好事，我给他讲了一大套你灌输给军队的那种鼓舞士气的话。我准备重新开始写短篇，我说，尽管我这样说，不过是想用谎话使他不要感到那么难过，我知道我是会这样做的。

接着我在利普饭店开始回想自从那些作品都丢失后我是什么时候才能动手写第一个短篇的。那是在科蒂纳·丹佩佐[1]，当时我不得不打断了春季的滑雪活动，被派往莱因兰和鲁尔区采访，事后才去那儿与哈德莉会合。那是一个极简单的短篇，叫做《禁捕季节》，我把老头儿上吊自杀的真实的结尾略去了。这是根据我的新理论删去的，就是说如果你知道你省略了而省略的部分能加强小说的感染力，并且使人们感觉到某些比他们理解的更多的东西，你就能省略任何东西。

是啊，我想，现在我这样写了，弄得人家看不懂了。对这一点是不可能有多大疑问的。完全可以肯定，没有人要这些东西。但是人们会理解的，就像他们对绘画总是能理解的一样。只是需要时间，需要信心罢了。

每逢你不得不减少饮食的时候，你必须好好地控制住自己，这

① 在意大利东北部，奥地利国境线上的阿尔卑斯山支脉的南麓，为滑雪胜地。

样你就不会变得整天价想着肚子饿了。饥饿是良好的锻炼，你能从中学到东西。而且只要人家不懂得其中的道理，你就超过他们了。当然啦，我想，我现在已远远地超过他们，弄得要定时吃上饭也办不到了。要是他们追上来几步，也不是坏事。

我知道我必须写一部长篇小说。但这似乎是一件不可能做到的事，其原因是我在试着写一些将来可能成为一部长篇小说的精华部分的段落时遇到了极大困难。现在必须写一些较长的短篇，就像你为参加一次长跑比赛而进行锻炼一样。在这以前我曾写过一个长篇，就是放在旅行包里在里昂车站被偷走的那一篇，当时我仍旧具有少年时期的那种抒情的能力，但是它像青春一样容易消逝而不可靠。我知道这篇小说被偷走可能是件好事，可我也知道我必须写出一部长篇小说来。只是我要尽量推迟直到我不得不动手为止。要是我想写一部长篇小说只是为了我们要按时吃上饭才这么做，那我就不是人。等我不得不动手写的时候，那么写就是唯一要做的事，此外别无选择。让这股压力越来越大吧。与此同时，我要以我最熟悉的题材写出一个比较长的短篇来。

这时我已付了账走出了饭店，向右拐弯跨过朗内路，这样我就不会到双猕猴咖啡馆去喝咖啡，而是沿着波拿巴路抄最近的路回家。

有哪些我最熟悉的题材还没有写过或者已经丢失了？我真正了解而且最最关心的是什么？你对此根本无法选择。你能选择的只是走哪些捷径能把你尽快地带回到你写作的地方去。我沿着波拿巴路走到局伊内梅，接着到了阿萨斯路，最后从乡村圣母院路走到丁香园咖啡馆。

我坐在一个角落里，午后的阳光越过我肩头照进来，我在笔记簿上写着。侍者给我端来一杯牛奶咖啡，等咖啡凉了，我喝下半杯，放在桌上，继续写着。等我停下笔，我还是不想离开那条河[①]，在那里我能看到水潭里的鲑鱼，水潭表面的流水拍打在阻住去路的圆木桩组成的桥墩上，平静地激起波浪。这个故事写的是战后还乡的事，但全篇没有一字提到战争。

但是到了早晨，这条河还将在那里，我必须写它和那一带地方以及一切行将发生的事。以后有的是日子，可以每天写一点。其他的事都无关紧要。我的口袋里有德国寄来的钱，所以也没有生活问题。等这笔钱用完了，别的钱就会来的。

现在我必须做的一切就是保持身体健康和头脑清醒，直到早晨来临，那时我又将开始写作了。

---

① 指密歇根州北部的大双心河，他当时写的就是著名的短篇小说《大双心河》（第一、二部）。

鸟瞰主宫医院

那座小希腊神庙，我想，一定还在花园里。但是我们没有能单凭“才智之士”的基金使这位少校从银行里脱身出来，这始终使我感到失望，因为在我的梦想中早已想象他也许住进了那座希腊小神庙，也许我能跟埃兹拉·庞德一起去那儿串门，给他戴上桂冠。我知道哪儿有上好的月桂树，我能骑自己的自行车去采集月桂树叶，我还想，任何时候他感到寂寞，或者任何时候埃兹拉看完另一首像《荒原》那样的长诗的原稿或校样，我们都可以给他戴上桂冠。

福特·马多克斯·福特和魔鬼的门徒

丁香园是我们住在乡村圣母院路 113 号锯木厂楼上那个套间时离我们最近的一家上好的咖啡馆，也是巴黎最好的咖啡馆之一。冬天咖啡馆里很温暖，在春天和秋天，一张张桌子放在人行道的树荫下，就在内伊元帅雕像的那一边，而在广场上，那些固定的方桌沿着林荫大道放在大遮篷下，这时坐在外面是非常惬意的。有两个侍者是我们的好朋友。圆顶和穹庐这两家咖啡馆的常客从不来丁香园。那里没有他们认识的人，要是他们来了，也没有人会注意他们。在那些日子里，许多人上蒙帕纳斯林荫大道和拉斯帕伊林荫大道相交的拐角上的那些咖啡馆去抛头露面，在某种程度上，他们指望在这种地方，能让专栏作家们每天报道他们的动态，作为他们希冀享有的不朽声名的替代物。

丁香园一度是一家诗人们或多或少地定期聚会的咖啡馆，而最后一位露面的主要诗人是保尔·福尔①，他的作品我从未读过。但在那里我见过的唯一一位诗人是布莱斯·桑德拉尔②，脸上带着拳击手的伤痕，一只空袖子用别针向上别着，他用那只完好的手卷着香烟。他喝得不太多的时候是个很好的伙伴，当时他说起谎来，可要比许多人讲真实的故事更有趣。可是他是那时上丁香园来的唯一的诗人，而我只在那里见过他一次。丁香园的顾客多半是上了年纪、留着胡须、穿着旧的讲究衣服的人，他们带了妻子或者情妇一起来，上衣的翻领上佩着荣誉军团的细条红绶带，有的没有。我们怀着希望把他们当作是科学家或学者，他们坐着喝一杯开胃酒，几乎跟那些穿着较寒伧、襟前佩着学院棕榈叶荣誉勋章的紫色绶带、带了他们的妻子或情妇来喝牛奶咖啡的人坐的时间一样长，但是那紫色绶带跟法兰西学院毫不相干，我们认为那只说明他们是教授或讲师。

这些人把丁香园变成了一家很惬意的咖啡馆，由于他们都互相关心，关心喝的什么酒或者咖啡，或者泡制的什么饮料，关心那些夹在木条报夹中的报刊，所以没有人在这里炫耀自己。

另有一些是住在本地区的人，他们也上丁香园咖啡馆来，他们中间有些人在上衣翻领上佩着十字军功章的绶带，也有别的一些人佩着军功奖章的黄绿两色的绶带，我注意到他们多么巧妙地克服因失去了胳臂或大腿而引起的困难，看出他们的人造眼球的质量如何和他们伤残的脸面被补救到什么程度。在这种复原到相当程度的脸上总有一抹几乎像彩虹色那样的光泽，有点像一条压得很结实的滑雪斜道的反光，而我们对这些顾客比对那些学者或教授更为尊敬，尽管后者可能在军队服役中也有过出色的表现，但是没有失去手足。

在那些日子里，我们对任何没有参加过大战的人一概不表信任，但是我们也不完全信任任何一个人，人们对桑德拉尔非常反感，认为他大可不必对他那只失去的臂膀那么炫耀。我很高兴他下午很早就到丁香园来，那时那些常客还没有来到。

这天傍晚，我正坐在丁香园外面的一张桌子边，注视着树木和建筑上的光线在变化，还有在外面那两条林荫大道上缓缓走过的马

---

① 保尔·福尔（Paul Fort，1872—1960），法国象征主义诗人，曾创作大量歌谣。

② 布莱斯·桑德拉尔（Blaise Cendrars，1887—1961），瑞士法语诗人，在诗歌和随笔方面大胆创新。

群。我身后的那道咖啡馆的门打开了，在我右边有个男人走出来，走到我的桌边。

“啊，你在这里，”他说。

原来是福特·马多克斯·福特，他那时是这样称呼自己的[①]，他透过浓密的染色的八字胡沉重地喘着气，把身子挺得笔直，像一只能走动的、包装得很好的倒置的大酒桶。

“可以跟你一起坐吗？”他问道，一面坐了下来，一双眼睛在毫无血色的眼皮和淡淡的眉毛下面显出一种褪了色的蓝色，正望着林荫大道。

“我这一生曾花了好多年工夫劝人们该用仁慈的方式屠宰那些牲畜，”他说。

“你告诉过我了，”我说。

“我想我没有。”

“我记得很清楚。”

“那就非常怪啦。我这一生从未告诉过任何人。”

“你来一杯好吗？”

侍者站在那儿，福特就对他说要一杯尚贝里黑茶藨子酒。那侍者又高又瘦，头顶已秃，有几绺头发滑溜溜地盖在上面，他蓄了两撇浓密的老式龙骑兵小胡子，他重复说了一遍福特要的酒。

“不。来一杯兑水的优质白兰地吧，”福特说。

“给先生来一杯兑水的优质白兰地，”侍者进一步肯定客人要的酒。

我总是尽可能不正眼看福特，而在一间关上门的屋子里，如果跟他挨得很近，我总是屏住了呼吸，但是这时是在露天，落叶沿着

① 福特原来的姓是休弗（Hueffer），1923 年改为福特。

人行道从桌子我坐的这一边吹过他那一边，所以我好好地看了他一眼，觉得后悔，便朝林荫大道对面望去。光线又变了，可我没有注意是什么时候变的。我喝了一口酒，看看是否由于他的来到败坏了原来的味道，但味道仍然很好。

“你怎么这样闷闷不乐，”他说。

“不。”

“是的，你是这样。你需要多出来活动活动。我顺便来看你，想邀你参加我们在那有趣的大众舞厅[1]举行的小型晚会，舞厅离壕沟外护墙广场很近，就在勒穆瓦纳红衣主教路上。”

“在你最近这次来巴黎之前，我在那儿的楼上住过两年。”

“多怪啊。你肯定是这样吗？”

“是的，”我说。“我肯定。舞厅的主人有一辆出租车，碰到我得乘飞机时，他总会开车送我去机场，而去机场之前我们会在舞厅的白铁皮吧台边待一会儿，摸黑喝上一杯白葡萄酒。”

“我可从来就不喜欢乘飞机，”福特说。“你和你妻子准备好星期六晚上去大众舞厅吧。那儿挺愉快的。我给你画一张地图，这样你就能找到了。我是非常偶然才发现的。”

“它就在勒穆瓦纳红衣主教路 74 号的楼下，”我说。“我当时住在三楼。”

“没有门牌号码，”福特说。“可要是你能找到壕沟外护墙广场，就能找到那个地方。”

我又喝了一大口酒。侍者送来了福特要的酒，福特纠正他说，“不是白兰地加苏打水，”他提醒他，但口气很严峻。“我要的是尚贝里味美思酒加黑茶藨子酒。”

① 大众舞厅（Bal Musette）是用手风琴伴奏的一种舞厅。

“不要紧，让，”我说。“这白兰地我要了。去给先生拿他现在要的酒来。”

“是我原来要的，”福特纠正道。

这时，有个面色颇为憔悴的男人披着斗篷在人行道上走过去，他偕同一个身材高挑的女人，向我们的桌子瞥了一眼，然后转过眼去，继续沿着林荫大道走去。

“你看见我不理睬他吗？”福特说。“你确实看见我没有理睬他吗？”

“没有。你不理睬的是谁啊？”

“贝洛克[1]，”福特说，“我确实给了他一个不理不睬！”

“我没有看到，”我说。“你干吗要不睬他？”

“有千万条充足的理由，”福特说。“可我确实给了他一个不理不睬！”

他彻头彻尾地觉得快活。我从未见过贝洛克，也不认为他刚才看到了我们。他看起来像一个正在想什么心事的人，几乎只是无意识地朝桌子瞥了一眼。我感到很不舒服，福特居然对他这样粗鲁，而我就像一个刚开始接受教育的年轻人，对他作为一位老作家怀有很高的敬意。这种事情如今是不可理解的了，但在那时却是稀松平常的事。

我想如果贝洛克在我们的桌前停下来，那会是一件愉快的事，这样我就可以认识他了。因为遇到了福特，这天下午给糟蹋了，但是我想贝洛克本该使这种情况有所改善的。

“你为什么要喝白兰地？”福特问我。“难道你不知道开始喝白

---

① 贝洛克（Hilaire Belloc，1870—1953），英国诗人、史学家，英国现代散文大师之一。作品有《韵文和十四行诗》、《英国史》四卷、《诺纳号的巡航》等。他是玛丽·贝洛克·朗兹的弟弟。

兰地对一个年轻作家是致命的吗？”

“我不常喝白兰地，”我说。我这时正在回想埃兹拉·庞德对我谈起的关于福特的那些话：我决不能对他粗鲁，我必须记住，他只是在很疲惫的时候才说谎，但他确实是个好作家，而且遭遇过很多家庭烦恼。我竭力回想这些事情，但是福特本人那副沉重的、呼哧呼哧喘着气的令人不齿的架势，就在我伸手可摸到的地方，使我难以容忍。但我还是勉力为之。

“告诉我，一个人为什么要不睬人？”我问他。直到那时，我一直以为这是只有在奥伊达[①]的小说里才干的事。我还没能读到一部奥伊达写的小说。即使在瑞士的一个滑雪胜地，当潮湿的南风刮起，读物已经看完，只剩下一些战前的陶赫尼茨版[②]的书籍的时候。但是我从第六感觉肯定，在她写的那些小说里，人们是互相不理睬对方的。

“一个有教养的人，”福特解释说，“经常会对一个无赖不理不睬。”

我很快呷了一口白兰地。

“他会不睬一个粗鲁的人吗？”我问道。

“一个有教养的人不可能会结识一个粗鲁的人。”

“那么你只能对跟你处于平等地位的熟人不加理睬，是吗？”我追问道。

“自然哪。”

---

① 奥伊达为英国女作家玛丽·路易丝·德拉拉梅（Marie Louise de la Ramée，1839—1908）的笔名，著有大量传奇小说，很多以欧洲大陆为背景，晚年长期侨居佛罗伦萨，写了好些关于意大利农民的小说。

② 德国人卡尔·陶赫尼茨（Karl Tauchnitz，1761—1836）于1796年在莱比锡建印刷厂，印刷出版古典文学作品，后由其子继承，刊行英文版的英美作家丛书，以小开本的纸面本形式大量发行，买有版权，注明只能在欧洲大陆发行，对普及英语作品起了很大作用。

"一个人怎么会结识无赖呢？"

"你可能当时并不知道，也可能这家伙后来才变成无赖的。"

"什么样的人才是无赖呢？"我问道。"是不是人们得把他揍得死去活来的那种人？"

"不一定那样，"福特说。

"埃兹拉·庞德是个有教养的人吗？"我问道。

"当然不是，"福特说。"他是美国人嘛。"

"难道美国人成不了有教养的人？"

"也许约翰·奎因能，"福特解释说，"你们的那些大使中间的一个。"

"迈伦·提·赫里克[①]呢？"

"可能是。"

"亨利·詹姆斯是个有教养的人吗？"

"差不离啦。"

"你是个有教养的人吗？"

"那自然啰。我持有英王陛下的委任[②]。"

"这听起来挺复杂，"我说。"那我是不是个有教养的人？"

"根本不是，"福特说。

"那你干吗跟我在一起喝酒？"

"我跟你一起喝酒是把你看作一个有前途的青年作家。事实上把你看作一个同行。"

"谢谢你的好意，"我说。

---

① 赫里克（Myron T. Herrick，1851—1929），美国律师、外交家，1912 年起任驻法大使。

② 指在第一次世界大战中受英国政府委任为威尔士团队的军官，在法国服过役。

“在意大利人家可能会把你看成是个有教养的人，”福特宽宏大度地说。

“那我不是个无赖啰？”

“当然不是，亲爱的老弟。谁说过这样的话？”

“我可能会变成个无赖，”我沮丧地说。“白兰地跟什么酒都喝。特罗洛普[①]的小说里的哈里·霍普斯珀勋爵就是这样给毁的。告诉我，特罗洛普可是个有教养的人？”

“当然不是。”

“你能肯定吗？”

“可能有两种看法。可是我的看法只有一种。”

“菲尔丁[②]是吗？ 他可是个法官。”

“技术上说或许是吧。”

“马洛[③]呢？”

“当然不是。”

“约翰·邓恩[④]呢？”

“他是一个牧师。”

“讲得真有趣，”我说。

“很高兴你能感兴趣，”福特说。“我来陪你喝一杯兑水的白兰地再走。”

---

① 特罗洛普（Anthony Trollope，1815—1882）为英国多产小说家，主要作品为以假想的巴塞特郡为背景的系列小说《巴塞特郡纪事》六卷。

② 菲尔丁（Henry Fielding，1707—1754），英国剧作家、小说家，长篇小说《弃儿汤姆·琼斯》为他的代表作。

③ 马洛（Christopher Marlowe，1564—1593），英国伊丽莎白王朝的诗人、剧作家，与莎士比亚同时代，剧作有《浮士德博士》、《马耳他的犹太人》等。

④ 邓恩（John Donne，1572—1631），英国玄学派诗人的代表。所作诗歌分为宗教诗与爱情诗两部分。1621 年任圣保罗大教堂的住持。

福特离开后，天黑了，我走到书报亭去买了一份《巴黎体育概览》，那是午后出版的赛马报的最后一版，报道奥特伊赛马场的比赛结果以及关于次日在昂吉安比赛的预告。侍者埃米尔已经接替了让的班，跑到桌前来看奥特伊马赛的最后结果。我有位难得到丁香园来的好朋友，这时来到桌边坐了下来，正当我那位朋友向埃米尔要一杯饮料的时候，那个面色憔悴、披着斗篷的男人跟身材高挑的女人在人行道上从我们身边经过。他向我们的桌子瞟了一下，接着便转过头去了。

"那是希拉里·贝洛克，"我对朋友说。"福特今天下午在这里待过，给了他一个'假装没看见'。"

"别傻蛋了，"我的朋友说。"他是阿莱斯特·克劳利①，那个施妖术魔法的人。他堪称世间最邪恶的人物。"

"对不起，"我说。

---

① 克劳利（Alestiar Crowley）是当时著名的能施魔法的巫师，据说是古代异教徒的巫术的继承者。

“圆顶”咖啡馆

一个新流派的诞生

几本蓝色书脊的笔记簿、两支铅笔和一把卷笔刀（一把随身带的小折刀就显得太浪费）、大理石桌面的桌子、清晨的气息，加上地板打扫擦洗干净，再就是运气，这就是你需要的一切。为了碰上好运，你在右边口袋里放了一颗七叶树的坚果和一条兔子的小腿[①]。兔子腿上的毛早已给磨掉，露出的骨头和腱被磨擦得亮光光的。那些爪子在你口袋的衬里上抓挠着，于是你知道你的运气还在。

有些日子写得非常顺利，以致你可以把那片乡野写得简直能走进去再穿过林地走出来到空旷地上，然后爬上高地，观看那湖湾后边的群山。铅笔的铅芯可能会断在卷笔刀的圆锥形口中，你就得用削铅笔的小刀把它清除出来，要不然用那小刀尖利的刀刃小心地把铅笔削尖，然后回到当时，把你的手臂穿进你那背包上汗水盐渍的皮带，把背包重新提起，再把另一只臂膀伸进去，感到重量落在你的背上，开始举步走向湖边，感到软底鞋踩在松树的针叶上。

这时你会听到有人说，“嗨，海姆[②]，你想干什么？在咖啡馆里写作？”

你的好运就此跑掉了，你只得合上笔记簿。这是可能发生的最倒霉的事。如果你能忍住了不发脾气，也许比较好，可是当时我不善于按捺自己的性子，便说，“你这臭小子不在你玩腻的窝里待着，到这里来捣什么鬼？”

“别只因为你想做个行动乖僻的人就这样侮辱人。”

“闭上你忸怩作态的臭嘴从这儿滚开。”

“这是公共咖啡馆。我跟你一样有权利上这儿来。”

“你干吗不上你该去的那家小茅屋咖啡馆？”

“哎呀。别那么噜苏。”

这时你可以一走了事，希望这不过是一次意外的相遇，而这个来客只是偶然进来坐坐而已，不会引起一场侵扰。还有些别的好咖啡馆可供写作，但是要跑好长一段路，而这家咖啡馆才是我的根据地。从丁香园给撵出去是丢人的，我得留下抵抗或者走开。也许走开比较明智，可是怒气开始冒出来了，我就说，“听着。像你这号臭小子可以去的地方多的是。干吗非得上这儿来，糟蹋一家体面的咖啡馆？”

“我只不过是来喝一杯罢了。这又有什么不对的地方？”

“在家乡，人家会给你端上一杯酒，然后把玻璃杯砸碎。”

“家乡在哪儿呀？听上去倒像是个动人的地方。”

他就坐在邻桌，是个又高又胖的戴着眼镜的青年。他叫了一杯啤酒。我想我可以不去睬他，试试看能否继续写作。所以我就不去睬他，写下了两句。

“我只不过是跟你讲了话罢了。”

我继续写，又写了一句。写得正顺手，你全身心沉浸在里面，使你欲罢不能。

“我揣想你变得太了不起了，谁也不能跟你说话了。”

我又写了一句，结束了那一段，把这一段从头读了一遍。还是不错，我就写了下面一段的第一句。

---

① 西方有些人认为这两样东西带在身边可以逢凶化吉。

② 海明威姓氏的简称。

“你从来不考虑到别人，也想不到人家也可能遇到问题。”

我这一辈子总是听人抱怨。我发现我能继续写下去，而且这不比其他噪音坏，肯定要比埃兹拉·庞德学吹巴松管好得多。

“假定你想成为一名作家，在你身体的每一部分都感觉到自己是个作家，可就是写不出来怎么办？”

我继续在写，这时我不但有了实力还开始有了好运气。

“假定一旦文思终于来临，像一股不可阻挡的激流，然后一下子断了，弄得你成了哑巴，一句话也说不出来怎么办？”

这比哑巴却还发出刺耳的噪音好吧，我想，一面继续写下去。这时他穷追不舍，正如锯木厂内锯一块厚木板时的噪音遇到干扰一般，他那些令人难以置信的话却使我感到慰藉。

“我们去了希腊，”后来我听他这么说。有一会儿除了当作噪音以外我没有听清他说些什么。这时我写的已超过了我预期的任务，可以暂时搁笔，留待明天续写了。

“你说你讲过希腊语还是去过那里？”

“别那么庸俗，”他说。“难道你不要我把其余的情况告诉你？”

“不要，”我说。我合上笔记簿，放进口袋。

“难道你不想知道结果怎么样？”

“不想。”

“难道你不关心生活，也不关心跟你同样的人的痛苦吗？”

“可不是你的。”

“你真可恶。”

“对。”

“我原以为你能帮我个忙，海姆。”

“我倒是很乐意把你毙了。”

海明威与长子约翰（乳名邦比）

“你会这样干吗？”

“不。法律不容许我这样做。”

“我愿意为你做任何事情。”

“你真愿意？”

“我当然愿意。”

"那么你给我离这家咖啡馆远远的。就从这一条做起。"

我站起身来，侍者跑过来，我付了账。

"可以陪你一起走到锯木厂吗，海姆？"

"不。"

"好吧，改天再见。"

"可不是在这儿。"

"说得完全对，"他说。"我答应你。"

"你正在写什么？"我一念之差，竟这么问道。

"我尽我最大的努力在写。就像你那样。可是难得要命哪。"

"如果你写不出，你就不该写。为什么非要为此呼天抢地的？回家去吧。找一份工作。把自己吊死算了。可就是别再谈写作了。你根本不会写。"

"你干吗这样说？"

"你难道从没听到自己讲话吗？"

"我这会儿讲的是写作。"

"那就给我闭嘴。"

"你可真残忍，"他说。"大家都总说你残忍、没有心肝而且自高自大。我总是替你辩护。可今后再也不这样做啦。"

"很好。"

"大家都是一样的人，你怎么能这样残忍呢？"

"我不知道，"我说。"听着，要是你不会创作，干吗不学着写评论呢？"

"你认为我该写评论吗？"

"那敢情好，"我对他说。"这样你就总能有东西写了。你就永远不用担心文思来不了，或者成了哑巴，一句话也说不出来了。人们会读这种文章并且尊重它。"

“你认为我能成为一位优秀的评论家吗？”

“我不知道能有多优秀。但是你能成为一位评论家的。总是有人会帮助你的，而你也能帮助你的同伙。”

“你说我的同伙指谁？”

“常常跟你在一起的那些人。”

“喔，他们。他们有他们的评论家。”

“你不一定要评论书籍，”我说。“还有油画、剧本、芭蕾、电影——。”

“给你这一说，听起来倒很吸引人，海姆。非常感谢你。使人太兴奋啦。而且很有创造性。”

“说有创造性，可能估计过高了。毕竟上帝创造世界只花了六天，到第七天便休息了。”

“当然，也没有什么能阻止我搞创作啊。”

“没有什么能阻止你。除非你根据自己写的评论把标准定得高不可攀。”

“标准会是很高的。这你可以相信。”

“我确信会是那样的。”

他这时已经是位评论家了，所以我问他是否愿意喝一杯，他接受了。

“海姆，”他说，我知道从这时起他已经是个评论家了，因为在对话中，他们把你的名字放在一句句子的开头而不是末了，“我得告诉你，我发现你的作品有那么一点儿太光秃秃。”

“那太糟了，”我说。

“海姆，剥得太光，太简略了。”

“真倒霉。”

“海姆，太光秃秃，剥得太光，太简略，太露了。”

我怀着负罪感抚摸着我口袋里的兔子小腿。“我今后试着写得丰满一点儿。”

“注意了，我可不希望弄得太臃肿。”

“哈尔，”我说，学着一个评论家的腔调说，“我将尽可能长久地避免那种缺点。”

“很高兴我们的看法完全一致，”他富有男子气概地说。

“你会记住在我工作的时候别上这儿来吗？”

“自然啦，海姆。当然啦。现在我会有我自己的咖啡馆啦。”

“你真好。”

“我尽可能做到这样吧，”他说。

如果这个年轻人结果能成为一个著名的评论家，那将是饶有趣味而且富有教益的，可是结果没有向这个方面发展，尽管我有一会儿曾对此抱有很高的希望。

我并不以为他第二天还会来，可是我不想冒险，因此决定给丁香园休假一天。所以次日早晨我一早就起来，把橡皮奶头和奶瓶在水中煮开，配好奶粉的用量，装好奶瓶，给了邦比先生[①]一瓶，便在吃饭间的桌子上写了起来，只有他，那只小猫 F 和我醒着，其他人都还没有醒来。他们两个很安静，是忠实的伙伴，所以我写得比过去什么时候都顺利。在那些日子里，你实在不需要任何东西，哪怕是兔子腿儿，可是你能在口袋里摸摸它，感觉也挺好。

---

① 指其时海明威与第一任妻子哈德莉所生的儿子约翰，爱称杰克。“邦比”是海明威给他起的乳名。

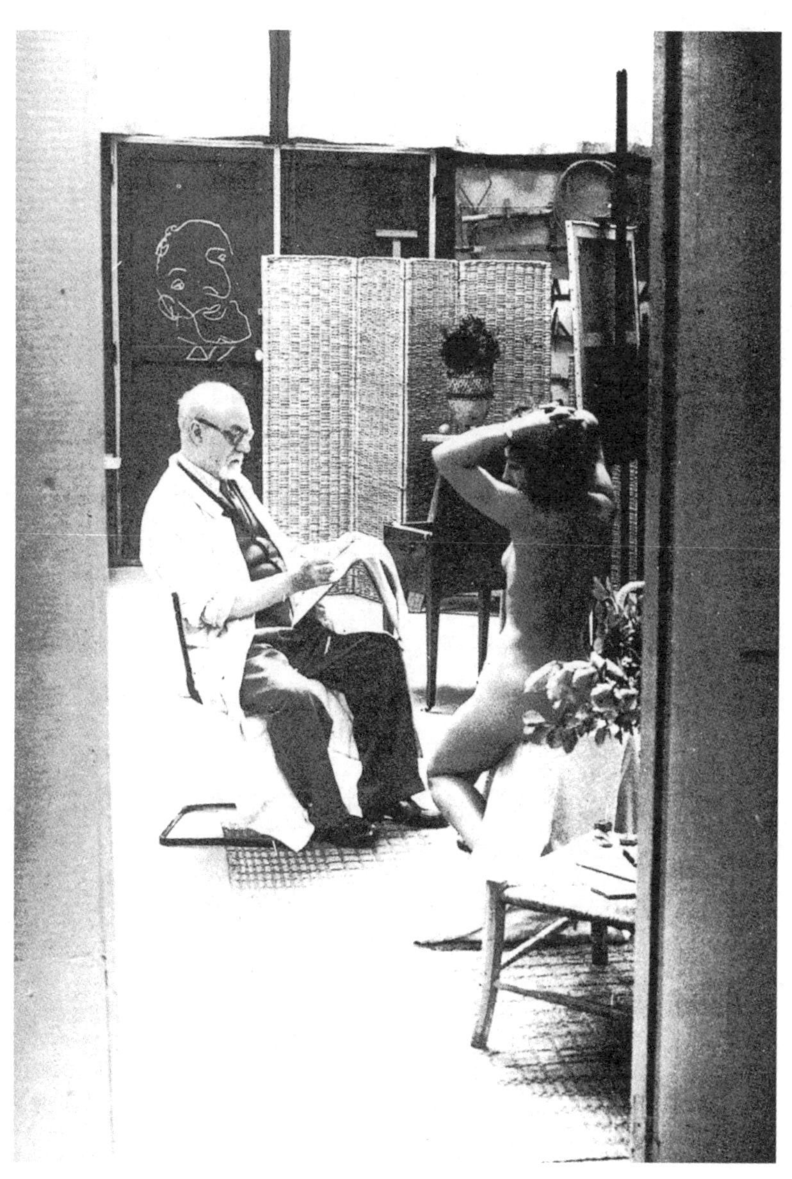

马蒂斯画室

和帕散在圆顶咖啡馆

那是个美好的傍晚，我辛勤写作了一整天，便离开了在锯木厂楼上的套间，穿过堆放着木料的院子走出去，带上大门，横穿街道，走进门面正对蒙帕纳斯林荫大道的那家面包房的后门，在烘炉中冒出的面包香味中穿过店堂，走到街上。面包房内和外面已经开着灯，而外面已是一天的终了，我在初起的暮色中沿着大街走去，在图卢兹黑人餐馆外面的平台前停下步来，那里，餐巾架上搁着用圆木环套住的我们常用的红白相间的方格餐巾，在等待我们去就餐。我看着用紫色油墨印出的菜单，看到当天的特色菜是什锦砂锅①。看到这道菜的名字使我觉得肚子饿。

餐馆老板拉维格尼先生问我写作干得怎么样，我说干得挺顺利。他说一大早就看到我在丁香园的平台上写作来着，因为我那么专心致志，他没有跟我谈话。

"你有那种一个人独自处身丛林中的架势，"他说。

"我写作的时候就像一头瞎眼的猪。"

"可你那时不是在丛林中吗，先生？"

"在灌木丛里，"我说。

我沿街走去，眼望着橱窗，春天的黄昏和身边走过的人群使我感到欣快。在三家主要的咖啡馆里有些我面熟的人和其他我可以与之交谈的熟人。但是那里总有很多相貌风度更出色的人我不认得，他们在这傍晚华灯初上之际匆匆赶到什么地方去一块儿喝

画家帕散

酒、一块儿吃饭然后去做爱。在这些主要咖啡馆里的人们可能干同样的事，或者就那样坐着，喝喝酒，谈情说爱，做给别人看。我喜欢的那些人我没有遇到，他们去了大咖啡馆，因为他们可以消失在那些大咖啡馆里，没有人注意他们，他们可以单独在那里，和自

① 一般用白扁豆和鲜肉煨制，图卢兹地区则用鹅、鸭代替，加上多种蔬菜。

己人在一起。当时这些大咖啡馆收费也很便宜，都备有上好的啤酒，开胃酒价钱也公道，价目清楚地标在和酒一起端上来的小碟子上。

这一天傍晚，我想的是这些有益身心健康但并无创新之见的念头，同时感到自己异乎寻常地问心无愧，因为这一天我写得很顺利也很艰苦，我原本却是想去看赛马的。可那时我没有钱，去不了赛马场，即使那儿有钱可赚，要是你用心干的话。那时还没有开始实行唾液检验以及其他检测人为激励马匹的方法，因此给马服用兴奋剂的做法是屡见不鲜的。但是权衡服用过兴奋剂的马儿的有利或不利的条件，在围场里发现马儿的那些征象，凭你的有时近乎“超感觉”的观察方式行事，然后把你经不起输掉的钱去押在那些马儿身上，这一切对一个要供养一个妻子和孩子，又要在学习写散文这种需要全天投入的活计中取得进展的年轻人来说，可不是正道。

画家帕散

用任何标准来衡量，我们还很穷，因此我依旧采取这样一种小小的节省开支的办法，说什么有人请我在外面吃午饭，然后花了两个钟头在卢森堡公园里散步，回到家里给我妻子描述这顿午饭是多么丰盛。当你二十五岁的时候，而且生就一副重量级拳击手的身材，少吃一顿饭能使你感到非常饥饿。但是这样也能使你所有的感官变得敏锐，我才发现我笔下的那些人物中有很多都具有极强劲的胃口并且对食物怀着极大的爱好和欲望，并且大多数都期待着能喝上一杯。

在图卢兹黑人餐馆我们喝上好的卡奥尔干红葡萄酒，喝四分之一长颈大肚瓶、半瓶或者整瓶的，通常兑上大约三分之一的苏打水，冲淡了喝。在家里，在锯木厂楼上，我们有一瓶科西嘉葡萄酒，品牌很有名气，但是价格低廉。那是一种地道的科西嘉葡萄酒，你可以兑上一半苏打水把它冲淡，喝起来还是品得出它的味道。在巴黎，那时你几乎可以不用花什么钱就生活得很好，偶尔饿上一两顿饭，决不买任何新衣服，你就能省下钱来，拥有奢侈品。

现在我从雅仕咖啡馆往回走，那里我看到哈罗德·斯特恩斯[①]，但是我避开了，因为我知道他准会跟我谈起赛马，而当时我正理直气壮、轻松愉快地想起的那些马匹，正是我不久前才发誓与之一刀两断的。这天傍晚，我满怀着洁身自好的心情走过那群聚集在穹庐咖啡馆的人而不顾，心中嘲笑他们的恶习和共同的本能，跨过林荫大道来到圆顶咖啡馆。圆顶咖啡馆里也很挤，但是那里有些人是干完了工作才来的。

① 斯特恩斯（Harold Stearns，1891—1943），美国作家，当时也侨居巴黎。1921 年发表《美国和青年知识分子》，第二年发表他编的专题论文集《美国文明：三十个美国人的调查报告》，阐明大战后那一代青年人的信条，对当代美国文明中居统治地位的人们表示蔑视和憎恶。

那里有干完了工作的模特儿，也有作画作到天色暗下来不能再画的画家，也有好歹完成了一天工作的作家以及一些爱喝酒的人和其他人物，其中有些我认识，有些不过是装饰品而已。

我走过去，在帕散[①]和两个姐妹模特儿坐在一起的一张桌子边坐下来。我刚才站在戴拉姆勃雷路的人行道上考虑是否进去喝一杯时，帕散曾向我招手。帕散是个非常出色的画家，此时他已醉了；但镇静自若，是存心喝醉的，神志还很清醒。那两个模特儿又年轻又漂亮。一个生得很黑，身材娇小，体型很美，却装出一副弱不禁风的放浪不羁的神态。另一个像孩子似的，表情呆滞，但是具有那种孩子所特有的容易消失的绝色的姿容。她长得不及她姐姐那样身材匀称，但是那年春天也没有别的人是长得那么好的。

“两姐妹一个好一个坏，”帕散说。“我有钱。你想喝什么？”

“来半升黄啤，”我用法语对侍者说。

“来一杯威士忌吧。我有的是钱。”

“我爱喝啤酒。”

“要是你真的爱喝啤酒，那你该去利普咖啡馆。我猜想你一直在写东西吧。”

“是的。”

“顺利吗？”

“我希望如此。”

“好。我很高兴。而且一切都还有滋有味的？”

“是的。”

---

① 帕散（Jules Pascin，1885—1930），美国画家，生于保加利亚。1905年迁居巴黎，以“风流社会”为题材创作讽刺画。第一次世界大战期间加入美国籍，1920年回巴黎，开始创作一系列大型圣经和神话题材作品。后转向描绘妇女。在第一次重要的个展前夕，突然上吊自杀。

“你几岁了？”

“二十五。”

“你想不想干她？”他朝那黑皮肤的姐姐望去，笑眯眯地说。“她需要着哩。”

“你今天大概已经跟她干够了。”

她翕开双唇向我微笑。“他坏，”她说。“可是待人好。”

“你可以把她带到画室去。”

“别干肮脏事，”那金发妹妹说。

“谁跟你说话来着？”帕散问她。

“没人啊。可我说出口了。”

“我们来轻松一下，”帕散说。“一个严肃的年轻作家和一个友好聪明的老画家还有两个美丽的年轻姑娘在一起，整个生活都展示在他们面前啊。”

我们坐在那里，姑娘们啜着饮料，帕散又喝了一杯兑水白兰地，我喝着啤酒；但是除了帕散以外，谁也不觉得轻松惬意。那黑皮肤姑娘焦躁不安，她炫耀地坐着，转过脸去让人看到侧面，让光线投射到她脸孔的凹面上，一面向我显露她黑色羊毛衫裹住的乳房。她的头发修剪得很短，又亮又黑像个东方女人。

“你摆了一天的姿势，”帕散对她说。“难道这会儿还得在咖啡馆里当那件羊毛衫的模特儿？”

“我高兴这样，”她说。

“你看来像个爪哇玩偶，”他说。

“眼睛可不像，”她说。“要比那复杂得多。”

“你看来像个可怜的变态小玩偶。”

“也许吧，”她说。“可我是活的。比你还活呢。”

“我们等着瞧吧。”

“好，”她说。“我喜欢得到证明。”

“你今天可什么证明都没得到吧？”

“哦，你说那个呀，”她说着把脸转过去，让黄昏的余辉照在她脸上。“你只为作画激动来着。他爱的是油画布，”她对我说。“总是有些肮脏的东西。”

“你要我画你，给你钱，操你，这样来让我头脑保持清醒，而且还要爱上你，”帕散说。“你这可怜的小玩偶。”

“你喜欢我，不是吗，先生？”她问我。

“非常喜欢。”

“可你个儿太大，”她伤心地说。

“在床上每个人的尺寸都一样。”

“这话不对，”她的妹妹说。“我可听腻了这种话。”

“听着，”帕散说。“要是你认为我爱上了油画布，那明天我用水彩来画你。”

“我们什么时候吃晚饭？”她的妹妹问道。“在哪儿吃？”

“你陪我们一起吃好吗？”那黑皮肤姑娘问我。

“不。我要陪我的 légitime 一起吃。”那时人家都这么说。如今他们则说“我的 régulière”了。①

“你非得走吗？”

“非得走而且想走。”

“那就走吧，”帕散说。“可别爱上打字纸啊。”

“要是爱上了，我就用铅笔写。”

“明天画水彩，”他说。“好吧，我的孩子们，我再来一杯，然

① légitime，法语，意为“合法的妻子”，régulière，法语，意为“固定的女人”，可指妻子或情妇。

后到你们想去的地方吃饭。”

“去北欧海盗饭店，”那黑皮肤姑娘说。

“我也想去，”她的妹妹怂恿道。

“好吧，”帕散同意道。“晚安，年轻人。祝你睡得好。”

“祝你也一样。”

“她们弄得我睡不着，”他说。“我从不入睡。”

“今晚让你睡。”

“在北欧海盗饭店吃了饭以后吗？”他把帽子戴在后脑勺上，咧着嘴笑。他看来更像一个上世纪九十年代百老汇舞台上的人物，而不大像一位讨人喜欢的画家，这原是他的本色，等到后来他上吊自杀了，我总爱想起他那天晚上在圆顶咖啡馆的形象。人家说我们将来会干些什么，其种子就在我们心中，但是我始终以为那些在生活中爱开玩笑的人心中，种子上覆盖的是优质泥土和高级肥料。

涂鸦的男孩

埃兹拉·庞德和他的“才智之士”

埃兹拉·庞德[①]始终是个好朋友，他总给别人办事。他和他的妻子多萝西住在乡村圣母院路的工作室，这间工作室之穷和葛特鲁德·斯泰因的工作室之富达到同样的程度。但是那里光线很好，生了一只炉子取暖，有许多埃兹拉熟识的日本艺术家的画作。他们都是贵族世家出身，蓄着长发。他们的头发黑黑的，闪烁发亮，俯身鞠躬时头发就会甩到前面，这给我很深的印象，但是我不喜欢他们的画。我看不懂这些作品，不过它们也并没有什么神秘之处，而一旦我看懂了，它们在我看来也没有什么意义。我为此感到遗憾，但是对此我毫无办法。

埃兹拉·庞德的工作室内：（右起）埃兹拉、福特和乔伊斯，站立者为约翰·奎因

多萝西的画我非常喜欢，我认为多萝西很美，身段长得美妙极了。我也喜欢戈迪埃-布尔泽斯卡[②]为埃兹拉塑的那座头像，我也喜欢埃兹拉给我看的关于这位雕塑家的作品的所有照片，这些照片附在埃兹拉写的关于他的那部书里。埃兹拉还喜欢皮卡比阿[③]的那幅画，但那时我认为它一无价值。我也不喜欢温登姆·刘易斯[④]的那幅画，而埃兹拉却喜欢得不得了。他喜欢他那些朋友的作品，这作为对朋友的忠诚是一种美德，但作为评论则能成为灾难性的。我们从来不为这些事争论，因为我对于自己不喜欢的事物是闭口不谈的。如果一个人喜欢他朋友们的画或者著作，我想那很可能就像那些爱自己的家庭的人，你去批评他们的家庭是不礼貌的。有时候你能忍住很长一段时间才批评你自己的或者妻子的家人，但是对于拙劣的画家就比较容易，因为他们并不做出可怕的事情来，也不像家人那样能造成私人感情上的伤害。对于拙劣的画家你只消不去看他们的作品就行了。但是即使你能做到不去考虑家人，不去听他们说什么，并且做到不写回信，他们在许多方面还是能造成危害的。埃兹拉对人比我和善，也比我更具有基督教精神。他自己的著作，写

---

① 埃兹拉·庞德（Ezra Pound，1885—1972），美国现代派诗歌大师。16 岁就读于宾州大学即开始写诗，曾短期任教于瓦巴什学院，1908 年去欧洲，在伦敦，与休姆等诗人发起意象派诗歌运动。1920 年偕妻子多萝西来到巴黎，积极支持并帮助 T.S.艾略特的长诗《荒原》的修改与出版，鼓励并指导当时在巴黎的青年作家如海明威、菲茨杰拉德、乔伊斯等人的文学创作，直至 1924 年去意大利拉巴洛定居为止。

② 戈迪埃-布尔泽斯卡（Henri Gaudier-Brzeska，1891—1915），法国最早的抽象派雕塑家，“旋涡主义”运动的著名倡导者。1913 年前往伦敦，诗人庞德成为他的赞助人和宣传者，在第一次世界大战中阵亡。

③ 皮卡比阿（Francis Picabia，1879—1953），法国油画家、插图家、设计师、作家和编辑。1911 年参加立体派黄金小组，1913 年在纽约军械库展览会和艾尔弗雷德·施蒂格列茨的分离派摄影画廊展出作品。

④ 刘易斯（Wyndham Lewis，1882—1957），英国画家、作家，旋涡画派创始人。在三十年代取得很大成就，创作了《巴塞罗那的投降》和《诗人艾略特》等有名画作，也写出了长篇小说《爱情的复仇》等优秀作品。

得对头的话，都是非常完美的，而他犯错误时是那么真诚，对自己的谬误是那么执著，对人又是那么和善，以致我总认为他是属于圣徒一类的人物。他也暴躁易怒，但是也许很多圣徒都是这样的吧。

埃兹拉·庞德

埃兹拉要我教他拳击，正是在有天下午我们在他工作室里你来我往地练拳时，我第一次见到温登姆·刘易斯。那时埃兹拉练习拳击还不很久，让他当着什么熟人的面练拳，我感到有点窘，就尽可能使他看起来打得漂亮些。但是效果并不十分好，因为他懂得了怎样推挡，可是我仍然在勉力教他把左手用来出手击拳，始终把左脚跨向前方，然后把右脚挪上与之平行。这不过是些基本步法。我始终没有教会他打左勾拳，而要教会他如何缩短右拳出手的幅度则要留待以后再说了。

温登姆·刘易斯戴了一顶宽边的黑帽，像这个拉丁区的一个角色，穿着打扮像从《波希米亚人》[①]中走出来的。他长着一张使我想起青蛙的脸，不是那种大牛蛙而不过是只普通青蛙，而对他来说巴黎这个水塘未免太大了。那时我们认为每个作家或者画家可以穿他拥有的任何服装，对于艺术家并没有规定的制服；可是刘易斯却穿着大战前的艺术家的那种制服。看到他使人发窘，他却傲慢地看着我闪开埃兹拉开头用左手的连连出击或者用戴着拳击手套的没握紧的右手挡住它们。

我想停止练拳，但刘易斯坚持要我们打下去，于是我看出尽管他对我们到底在干什么一无所知，他正在等待，希望看到埃兹拉被我打伤。但是什么都没有发生[②]。我决不反击，只是让埃兹拉始终随着我走动着，伸出左手，用右拳打出几下，然后我说我们结束吧，便用一大罐水冲洗了身子，用毛巾擦干，穿上我的长袖运动衫。

---

① 《波希米亚人》为意大利作曲家普契尼的三幕歌剧，写巴黎拉丁区穷艺术家的生活，故又译为《艺术家的生涯》。

② 刘易斯对他在1922年7月戏剧性地被介绍给海明威有如下的记述：当他推开庞德的工作室的门时，他见到“一个身材魁伟的年轻人，上身赤裸着直至腰部，躯干白得炫目，正站在离我不远处。他高大，英俊，而且神色安详，正用他的拳击手套击退——我认为并没有什么过分用力——埃兹拉发出的一次激动的攻击。在最后一下向那炫目的太阳神经丛挥舞拳头之后（毫不费力地让那仅穿着裤子的塑像避开了），庞德向后跌倒在他的沙发椅上。那年轻人就是海明威”。（见杰弗里·迈耶斯的《海明威传》第85页）从以上记述，海明威这里所说的“我看出尽管他对我们到底在干什么一无所知，他正在等待，希望看到埃兹拉被我打伤……”以及把刘易斯描绘成一个凶神恶煞般的人，只是他初见刘易斯时毫没来由的错觉和偏见，后来他们成了很好的朋友。但是海明威在回忆当年初识的印象，仍如实地写出他当时真实的感觉，即使那是不正确的。

我们喝了一点什么饮料，我听埃兹拉和刘易斯谈起在伦敦和巴黎的一些人。我小心地注视着刘易斯，并不做出在瞧他的样子，就像你在拳击时那样，可我认为我从没见过比他的神情更讨人厌的人。有些人显出一副凶相，就像马赛中的骏马，显示出是良种一样。他们有一种像硬性下疳那样的尊严。刘易斯并不流露出凶相；他只是神情显得讨人厌而已。

在走回家的途中，我竭力在想他使我想起了什么，结果使我想起了许多事情。全都是有关医学方面的，除了脚趾压伤以外，这是一个俚语词儿。我试图把他的脸分成一个个局部来描述，但只能做到写那双眼睛。我第一次看到那双眼睛时，上面压着那顶黑帽，看上去像是一个强奸未遂者的眼睛。

"我今天见到了一个我见过的最讨厌的人，"我对我的妻子说。

"塔迪，别告诉我他是怎样的一个人，"她说。"请别告诉我他是怎样的一个人。我们就要吃晚饭了。"

大约一个星期后，我见到斯泰因小姐，告诉她结识了温登姆·刘易斯，问她曾见过他没有。

"我管他叫尺蠖[①]，"她说。"他从伦敦来到这儿，只要看到一张好画，就从口袋里掏出铅笔，你就看到他用拇指按在铅笔上测量那幅画。一面仔细察看着画，一面测量着尺寸大小，看那画是怎样确切地画成的。然后他回到伦敦把它画出来，可就是画得不对头。他没能看出那幅画到底是怎么回事。"

这样，我就把他看成尺蠖。这个称呼比我自己想的他是什么要

① 尺蠖英文名 measuring worm，意为"在测量的软体蠕虫"，斯泰因这比喻很是生动。

1926 年的 T.S.艾略特

更和善并更符合基督教精神。后来，我竭力试着喜欢他，跟他做朋友，就像我对埃兹拉的几乎所有朋友，在他向我解释他们是怎样的人物后那样。但是上面所说的乃是我在埃兹拉的工作室中第一天看到他时他给我的印象。

埃兹拉是我认识的最慷慨，也是最无私的作家。他帮助他信任的诗人、画家、雕刻家以及散文作家，他也愿意帮助任何人，不论是否信任他们，只要他们处境困难。他为每个人操心，在我最初认识他的时候，他最操心的是托·斯·艾略特，据埃兹拉告诉我，艾略特不得不在伦敦一家银行里工作，因此没有足够的时间而只能在不适当的时候发挥一个诗人的作用。

埃兹拉和纳塔利·巴尼小姐创办了一个叫做“才智之士”的组织，她是一位有钱的美国女人，是艺术事业的赞助人。巴尼小姐曾是我那前辈雷米·德·古尔蒙[①]的朋友，她在家里定期举行沙龙，花园里有一座希腊小神庙。许多相当有钱的美国和法国女人都有沙龙，我很早就考虑到这些地方虽好，我还是避开为妙，不过我以为在花园里有一座希腊小神庙的还只有巴尼小姐一个人。

埃兹拉曾把介绍“才智之士”组织的小册子给我看，而巴尼小姐容许他把那座希腊小神庙印在小册子上。“才智之士”的计划是我们大家不管收入多少，都捐献一部分来提供一笔基金，把艾略特先生从那家银行中解脱出来，使他有了钱，可以写诗。在我看来这是个好主意，并且埃兹拉相信等我们把艾略特先生从银行里解脱出来以后，就可以一鼓作气地把每个人都安顿好。

---

① 雷米·德·古尔蒙（Remy de Gourmont，1858—1915），法国作家，他的评论文章对法国象征派美学理论的传播起了很大作用，对庞德和艾略特影响颇大。

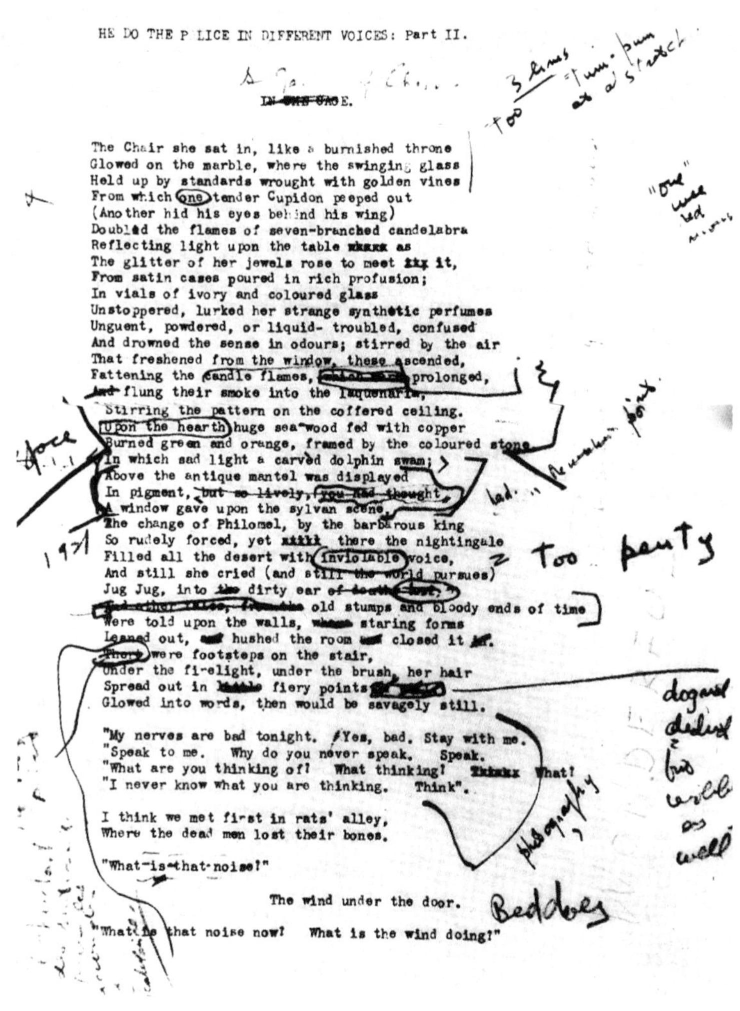

HE DO THE POLICE IN DIFFERENT VOICES: Part II.

IN THE CAGE.

The Chair she sat in, like a burnished throne
Glowed on the marble, where the swinging glass
Held up by standards wrought with golden vines
From which one tender Cupidon peeped out
(Another hid his eyes behind his wing)
Doubled the flames of seven-branched candelabra
Reflecting light upon the table as
The glitter of her jewels rose to meet it,
From satin cases poured in rich profusion;
In vials of ivory and coloured glass
Unstoppered, lurked her strange synthetic perfumes
Unguent, powdered, or liquid- troubled, confused
And drowned the sense in odours; stirred by the air
That freshened from the window, these ascended,
Fattening the candle flames, prolonged,
And flung their smoke into the laquearia,
Stirring the pattern on the coffered ceiling.
Upon the hearth huge sea-wood fed with copper
Burned green and orange, framed by the coloured stone,
In which sad light a carved dolphin swam;
Above the antique mantel was displayed
In pigment, but so lively, you had thought
A window gave upon the sylvan scene,
The change of Philomel, by the barbarous king
So rudely forced, yet there the nightingale
Filled all the desert with inviolable voice,
And still she cried (and still the world pursues)
Jug Jug, into the dirty ear of death;
And other tales, from the old stumps and bloody ends of time
Were told upon the walls, staring forms
Leaned out, hushed the room closed it in.
There were footsteps on the stair,
Under the firelight, under the brush, her hair
Spread out in fiery points
Glowed into words, then would be savagely still.

"My nerves are bad tonight. Yes, bad. Stay with me.
"Speak to me. Why do you never speak. Speak.
"What are you thinking of? What thinking? What?
"I never know what you are thinking. Think".

I think we met first in rats' alley,
Where the dead men lost their bones.

"What is that noise?"

The wind under the door.

"What is that noise now? What is the wind doing?"

艾略特长诗《荒草》第二部分的手稿

我把这事稍稍搞混了，因为总是把艾略特称作梅杰 · 艾略特，假装把他跟梅杰 · 道格拉斯混淆在一起，而梅杰 · 道格拉斯是一位经济学家，埃兹拉对他的观点怀有很高的热情。但是埃兹拉明白我的心情是正常的，而且满怀着“才智之士”组织的精神，尽管在我向朋友们请求资助基金使梅杰 · 艾略特得以从银行中脱身时，有人会说一位少校[1]究竟在银行里干什么，再说，要是他被军事组织裁掉，难道他没有养老金，或者至少总有点退役金吧？这一来会使埃兹拉感到烦恼。

碰到这样的情况，我会向朋友们解释说这一切都不相干。要么你心目中有“才智之士”，要么你心目中没有。如果你心目中有，你就愿意捐款使少校从银行里解脱出来。如果你心目中没有，那就太糟啦。难道他们不了解那座小希腊神庙的意义吗？不了解？我想是这样。太糟啦，老弟。把你的钱藏好。我们不会碰它的。

作为“才智之士”组织的一个成员，在那些日子里我为它干得很起劲，而我最快乐的梦想乃是看到那位少校大步走出银行成为一个自由人。我记不起“才智之士”这个组织最后是怎样垮掉的，但是我想这跟《荒原》的出版多少有关，这部长诗为少校获得了《日晷》杂志的诗歌奖[2]，过后不久，一位有贵族称号的夫人资助艾略特的一份名为《标准》的评论杂志，这样，埃兹拉和我就不必再为他操心了。那座小希腊神庙，我想，一定还在花园里。但是我们没有能单凭“才智之士”的基金使这位少校从银行里脱身出来，这始终使我感到失望，因为在我的梦想中早已想象他也许住进了那座希腊小神庙，也许我能跟埃兹拉一起去那儿串门，给他戴上桂冠。我知道哪儿有上好的月桂树，我能骑自己的自行车去采集月桂树叶，我还想，任何时候他感到寂寞，或者任何时候埃兹拉看完另一首像《荒原》那样的长诗的原稿或校样，我们都可以给他戴上桂冠。从道义上说，这件事像许多事情一样，结果被我弄得很糟，因为那笔

---

① 梅杰（Major）一词意为“少校”。

② 1921年冬天，艾略特与埃兹拉·庞德相遇于巴黎，长诗《荒原》经庞德删削后，分别在艾略特自己编辑的伦敦《标准》杂志1922年10月号和《日晷》1922年12月号上发表。不久，因长诗“对美国文学所作出的贡献”而获该年《日晷》的颁奖。

我专门留作把少校从银行里解脱出来的钱，我拿了去到昂吉安赛马场，押在那些在兴奋剂的影响下进行跳栏赛的马身上了。在两次赛马会上，我下赌注的那些服用兴奋剂的马胜过了没有服用兴奋剂或者服用得不够的牲口，只有一次比赛中我们的想象力给刺激得过了头，那马儿竟在起跑前就把骑师甩下鞍来，抢先跑了整整一圈障碍跑道，独自优美地跳过障碍，那样子就像你有时在梦里跳跃那样。等它被骑师逮住重新骑上马背，它一路领先，表现得很体面，正如法国赛马术语所说的那样，可是我终究赌输了。

1923 年巴黎马术俱乐部开张，第二排最右侧者为庞德，第一排左端为曼雷，右端为考克托

如果那笔赌注归入了“才智之士”，我也许会感到快活些，可是这个组织已不复存在了。但我又安慰自己，要是我下的那些赌注赢了，我给“才智之士”的捐献就能大大超过我原来意欲捐献的数字了。

卢森堡花园中的孩子

那是个明媚的春日，我从天文台广场穿过那小巧的卢森堡花园。七叶树正绽放着花朵，许多小孩在砾石铺地的走道上游戏，他们的保姆则在长椅上坐着，我看见树林里有斑尾林鸽，有些我看不见但是听得见。

我还没有按铃女仆就把门开了，她叫我进屋去等着。斯泰因小姐随时会下楼来。那时还不到晌午，可是女仆却给我倒了一杯白兰地，放在我手里，快活地眨眨眼。这无色的烈酒在我的舌头上感觉极佳，当酒香犹留在我嘴里时，我听见有人在跟斯泰因小姐说话，一个人跟另一个人像那样说话是我从未听见过的；从来没有听见过，不论在什么地方，也不论在什么时候。

一个相当奇妙的结局

我与葛特鲁德·斯泰因最后分手的方式是相当奇特的。我们曾是极亲密的朋友，我给她干了许多实事，诸如把她那本大部头作品与福特商妥先以连载方式发表，用打字机帮她把原稿打出来，并阅读校样，我们眼看会成为比我原先可能希望的更好的朋友。跟显贵的女人交朋友，对男人来说不会有多大的前途，尽管在交情变得更为亲密或者恶化以前，这种友谊能令人感到相当愉快，而跟那些真正雄心勃勃的女作家交往，其前途通常甚至更为渺茫。有一次，我借口说不知道斯泰因小姐是否在家，有一阵子没有顺道去花园路 27 号，她就说："可是海明威，你在这地方有任意出入的自由啊。难道你不知道？我说的是真心话。什么时候来都行，女仆"——她提

斯泰因

到她的名字，可我已经忘了——“会照料你的，你一定要当作是自己的家等我回来。”

我没有滥用这个自由，但有时会顺道过访，那女仆会给我斟一杯酒，我会观赏那里的油画，如果斯泰因小姐不回来，我会向女仆道谢，留下口信离去。斯泰因小姐和她的一个伴侣正做好准备要乘斯泰因小姐的汽车到南方去，而这一天她要我下午去给她送别。她要我们去作客，哈德莉和我那时正待在旅馆里，但是哈德莉和我另有计划，我们另有地方要去。自然，这事我们绝口不提，但是起先你仍旧希望能去，继而却去不成了。我懂得一点儿如何不去拜访人的方法。我不得不学会这一套。很久以后，毕加索[①]告诉我，凡是有钱的人家请他去，他总是答应去的，因为这一来使人家感到非常高兴，不过随后会发生什么事，他去不成了。可是这跟斯泰因小姐一点没关系，他说的是其他人。

那是个明媚的春日，我从天文台广场穿过那小巧的卢森堡花园。七叶树正绽放着花朵，许多小孩在砾石铺地的走道上游戏，他们的保姆则在长椅上坐着，我看见树林里有斑尾林鸽，有些我看不见但是听得见。

我还没有按铃女仆就把门开了，她叫我进屋去等着。斯泰因小姐随时会下楼来。那时还不到晌午，可是女仆却给我倒了一杯白兰地，放在我手里，快活地眨眨眼。这无色的烈酒在我的舌头上感觉极佳，当酒香犹留在我嘴里时，我听见有人在跟斯泰因小姐说话，一个人跟另一个人像那样说话是我从未听见过的；从来没有听见过，不论在什么地方，也不论在什么时候。

① 毕加索，即绘画大师巴勃罗·毕加索，其时亦在巴黎，声名初起，与海明威有交往。

接着传来了斯泰因小姐的恳求声和央求声，她说，“别这样，小猫咪。别这样。别这样，请别这样。我什么都愿干，小猫咪，可是请别这么干。请别这样。请别这样，小猫咪。”

我一口气喝下剩酒，把酒杯放在桌上，便往门口走去。女仆向我摇摇手指，低声说，“别走。她马上就要下来了。”

“我得走了，”我说，尽可能不再听下去，但是在我走出去时那话音仍在继续，我要听不见的唯一办法就是溜之大吉。听到那话音教人受不了，而那回答的声音教人更受不了。

到了院子里，我对女仆说，“请你这么说，我进了院子，见到了你。说我不能等待因为一位朋友病了。替我祝她们一路顺风。我会写信给她的。”

“就这么说定了，先生。多可惜，你没法等下去。”

“是啊，”我说。“真可惜。”

对我来说，事情就这样了结了，做得够蠢的，尽管我后来仍旧为她干一些小差事，必要时露一下面，带领那些她要求见见面的人上她那儿去，然后等到一个新阶段来临，一批新的朋友来到她家，他们才和大多数男朋友一起被打发走。看到一些新的毫无价值的画和那些名作一起挂进了工作室是令人悲哀的，但是这已经无关紧要了。在我看来就是无关紧要了。她几乎跟我们所有喜爱她的人都吵了嘴，除了胡安·格里斯，她无法跟他吵架了，因为他已经死了[①]。我不能肯定他会计较这种事情，因为他已对什么都不计较了，这从他的绘画作品中可以看得出来。

最后她跟这些新朋友也吵架了，可是我们中间没有一个人再去

---

① 胡安·格里斯（Juan Gris, 1887—1927），西班牙画家，1906 年移居巴黎，与毕加索共同开创立体派画派，作品以拼贴画和静物油画为主。

注意这种事了。她变得看起来像个罗马皇帝，如果你喜欢你的女人看起来都像罗马皇帝，那敢情好。但是毕加索曾给她画过像，我还记得她那时看起来像个来自弗留利地区的女人。

到最后，每个人，也许并不是每个人，都和她言归于好，为了不致显得妄自尊大或者理直气壮。我也这样做了。但是不论在我心里还是在我脑子里，我再也不能真诚地和人友好相待了。如果你在脑子里再也不能跟人友好相待，这才是最糟不过的事。但是实际情况比这要复杂得多。

圣热内维埃芙山，护墙广场

一个注定快要死的人

那天下午我在埃兹拉的工作室遇见欧内斯特·沃尔什[①]，他偕同两个穿着水貂皮长大衣的姑娘，外面街上停着一辆从克拉里奇旅馆租来的闪闪发亮的车身很长的汽车，有一名穿着制服的司机。两个姑娘都是金发女郎，她们和沃尔什同船渡海而来。轮船在上一天抵达，沃尔什领了她们一起来看望埃兹拉。

乔伊斯与西尔维亚在莎士比亚图书公司门口

欧内斯特·沃尔什长得黑黑的，热切而认真，无瑕可击的爱尔兰人气质，富有诗人风度，但是像一部电影里一个注定快要死的人物一样清楚地显出快要死去的神色。他正跟埃兹拉谈着，而我和两个姑娘谈，她们问我是否读过沃尔什先生的诗。我说没有，其中一个姑娘便拿出一本绿色封面的哈丽特·蒙罗创办的《诗刊》，把上面发表的沃尔什的诗给我看。

"他每一篇可得一千二百元，"她说。

“是每一首诗，”另一个姑娘说。

我记得当时我每一页稿子可拿到十二元，从同一份杂志，如果我投稿给他们的话。“他该是一个非常伟大的诗人，”我说。

“比埃迪·格斯特②所得的还多，”第一个姑娘告诉我。

“比另一个叫什么来着的诗人还多。你是知道的。”

“吉卜林③，”她的朋友说。

“比任何人得的都多，”第一个姑娘说。

“你们准备在巴黎待很久吗？”我问她们。

“啊，不。实在不会久待。我们是跟一批朋友一起来的。”

“你知道，我们是乘这条船来的。船上其实一个名人也没有。当然，沃尔什先生在这条船上。”

“他打牌吗？”我问。

她用失望的但是理解的眼光④看着我。

“不。他用不着打牌。他能用那样的方法写诗，就用不着。”

“你们回去准备乘什么船？”

“唔，那得看情况怎样来决定。要看是什么船，还得看其他许

---

① 沃尔什（Ernest Walsh，1895—1926）于1924年秋和海明威结识，在他和中年情妇埃塞尔·摩尔海德共同创办的《本拉丁区》上发表海明威的《大双心河》（1925）。1926年即死于肺痨。

② 埃德加（埃迪为爱称）·格斯特（Edgar Guest，1881—1959），英国出生的美国诗人，曾在《底特律自由报》上每天发表一首宣扬凡人的道德观念的诗，得到各报广泛的转载，深受他称之为“老乡亲”的读者的喜爱。

③ 吉卜林（Rudyard Kipling，1865—1936），英国诗人，小说家，主要作品有《丛林之书》（*The Jungle Book*，1895）两卷和《吉姆》（*Kim*，1901），为1907年诺贝尔文学奖获得者。

④ 这一段对话双方都是话中有话。这两个金发女郎是当时所谓的“淘金者”（gold digger），盛装打扮后出入交际场所、乘船旅游以谋结识有钱人。她们在横渡大西洋的邮船上勾搭上了沃尔什，听他吹嘘一首诗能得多少钱。海明威听了心中有气，才问他在船上打不打牌，因为这种场合常有些男骗子花言巧语地结交有钱人，借打扑克来骗钱的。姑娘听了失望，但是理解，意为你这人啊，身上穿得这么寒酸，竟然出口伤人！

多情况才能决定。你准备回去吗？”

“不。我在这里混得还不错。”

“这一带多少是个穷区，是吧？”

“是的。不过还不错。我在咖啡馆里写作，还出去看赛马。”

“你可以穿了这样的衣服出去看赛马[①]吗？”

“不。这是我泡咖啡馆的打扮。”

“这倒很逗，”其中一个姑娘说。“我很想观光一下咖啡馆生活。你想吗，亲爱的？”

“我想，”另一个姑娘说。我在通讯簿上留下了她们的姓名，答应去克拉里奇旅馆看望她们。她们都是好姑娘，我向她们和沃尔什还有埃兹拉道了别。这时沃尔什还在和埃兹拉热烈地交谈着。

“别忘了，”那个身材较高的姑娘说。

“我哪能忘了？”我对她说，和她们两人又握了握手。

此后我从埃兹拉那里听到沃尔什的消息是，他在几位仰慕诗歌和那些注定就要死的年轻诗人的夫人帮助之下，从克拉里奇旅馆的困境中脱身出来，再有一件事则是在这事过后不久，他从另一个来源获得了资助，作为编辑之一，在这个地区着手跟人合办一份新杂志。

此时，《日晷》，一份由斯科菲尔德·塞耶编辑的美国文学杂志，颁发一项年度奖金，我记得是一千元吧，以奖励一位在文学创作上取得杰出成就的撰稿人。这笔奖金对那时任何一个正直的作家来说，都是一笔大数目，且不说由此带来的声望了，而这项奖金曾颁发给各种不同的人，自然都是当之无愧的。当时在欧洲，两个人

---

① 当时看赛马是上流社会的社交活动，男的穿礼服，戴礼帽，女的盛装打扮。

一天花五块钱就能生活得很舒适美好，而且还能出外旅行。

这份季刊，沃尔什是编辑之一，据说在出齐第一年的四期时，将以一笔十分可观的奖金授予被评为最佳作品的撰稿人。

这个消息是流言蜚语还是谣言，还是一个个人信心的问题，那就没法说了。让我们希望并始终相信这事在各方面都完全是正大光明的吧。对于和沃尔什合作的那位编辑也确实没有什么可以非议或归罪之处。

我听到这个谣传的奖金之后不久，沃尔什有一天邀我上圣米歇尔林荫大道那一带一家最好也最昂贵的餐馆去吃午饭，吃过牡蛎之后——那是昂贵的扁形的微微带点紫铜色的马朗牡蛎[1]，不是那种常见的廉价的肥厚的葡萄牙牡蛎，加上一瓶微醺干白葡萄酒，他小心翼翼地谈起了这个问题。他看来是在哄骗我，就像他曾哄骗那两个同船的同党那样——当然啦，如果她们真是他的同党而他是哄骗了她们的话——当他问我是否想再来一打扁牡蛎，他是这样叫它们的，我说我非常喜欢吃这种牡蛎。他不再费心向我流露出那副即将死去的神色，这使我感到宽慰。他知道我知道他患有肺痨，不是你用来哄骗别人的那种，而是你将因此而死去的那种，而且病已是那么严重，他不用费心非得咳嗽不可了，我为他没有在餐桌上咳嗽而内心感激。我不知道他是否像堪萨斯城的妓女们那样吃这种扁牡蛎，她们是注定即将死去的人，简直一身是病，因此老是巴望吞咽精液，以为那是对付肺痨的头等特效药；但是我没有问他。我开始吃第二打扁牡蛎，把它们从银盘上铺着的碎冰块中捡出来，在它们上面挤上柠檬汁，注意观看它们那柔嫩得令人难以置信的棕色蚌唇起了反应，蜷缩起来，把粘附在贝壳上的肌肉扯开，把蚌肉叉起，

① 原名为 marennes，产于法国的马朗，故名。

送到嘴里小心咀嚼。

“埃兹拉是个伟大又伟大的诗人，”沃尔什说，一面用他那黑黑的诗人眼睛望着我。

“是啊，”我说。“而且是个杰出的人物。”

“高尚，”沃尔什说。“真的高尚。”我们静静地吃喝着，仿佛是在对埃兹拉的高尚品格致敬。我想念着埃兹拉，他要能在这里该多好。他同样也吃不起马朗牡蛎。

乔伊斯与西尔维亚在莎士比亚图书公司门口

“乔伊斯真了不起，”沃尔什说。“了不起。了不起。”

“了不起，”我说。“而且是很亲密的朋友。”我们成为朋友是在他完成了《尤利西斯》以后和动笔写一部我们有一段长时期称之为“在写作中的作品”之前那段奇妙的时期。我想起了乔伊斯，并回忆起许多事情。

“我希望他的眼睛能好转一些，”沃尔什说。

“他也盼望如此，”我说。

“这是我们时代的悲剧，”沃尔什对我说。

“每个人都多少有点病痛吧，”我说，竭力想使这次午餐的气氛欢快起来。

“你可没有什么。”他向我流露出他的全部魅力，而且还不止这些，接着表示自己快要死了。

“你是说我没有给打上死亡的标志？”我问道。我忍不住这样问他。

“对。你给打上了生命的标志。”他把“生命”这个词加上了重音。

“等着瞧吧，”我说。

他想来一客上好的牛排，要煎得半生的，我点了两客腓力牛排外加贝亚恩蛋黄黄油调味汁。我估计其中的黄油会对他有好处。

“来一瓶红葡萄酒怎么样？”他问道。饮料总管来了，我要了一瓶“教皇新堡”①。喝后我会沿着码头散步把醉意打消。他可以睡上一觉或者做他想做的事把醉意打消。我也可以在什么地方睡一觉，我想。

等我们吃了牛排和法式炸土豆条，并且把那瓶不是午餐酒的“教皇新堡”葡萄酒喝了三分之二，问题才给抖出来。

“不用绕圈子啦，”他说。“你知道你就要得奖了，知道不？”

“我吗？”我说。“为什么？”

“你要得奖了，”他说。他开始谈到我的作品，我就不再听他

---

① 原名为 Châteauneuf-du-Pape，产于法国南部阿维尼翁附近的葡萄园，天主教教皇的教廷曾设于该城，该酒受到许多红衣主教的欢迎。

说什么了。每当有人当着我的面谈论我的作品都会使我感到恶心，我就凝视着他和他脸上那副注定快要死的神色，心想，你这个骗子，拿你的痨病来哄骗我。我曾看到过一营士兵倒在大路上的尘土里，其中三分之一快要死去或者比这更倒霉，但他们脸上并没有什么特别的标志，可全将归于尘土，而你跟你这副注定快要死的神色，你这个骗子，却靠着你的即将死亡来维持生活。现在你想来哄骗我。别再骗人，你就不会受骗。死神并没有在哄骗他。死亡确实行将来临。

"我认为我没资格受奖，欧内斯特，"我说，用我自己的名字（我恨这个名字）来称呼他，我感到有趣。"何况，欧内斯特，这样做也不合乎道德，欧内斯特。"

"真奇怪，我们两个同名，是不是？"

"是啊，欧内斯特，"我说。"这是一个我们俩都必须不辜负的名字。你懂得我的意思[①]，是不，欧内斯特？"

"我懂，欧内斯特，"他说。他带着忧郁的爱尔兰人风度给予我完全的理解，还展示了他的魅力。

所以，我对他和他的杂志始终十分友好，在他第一次吐血并离开巴黎的时候，他请求我照看那一期杂志的排印工作，因为印刷工人都不懂英文，我照办了。我见过他有一次吐血，这是非常合乎情理的，我还知道他就快要死了，因我当时正处在生活中的一段艰辛时期，我对他特别的好，这使我感到欣慰，正如我叫他欧内斯特使我欣喜一样。再说，我喜欢并钦佩与他合作的那位编辑。她没有许诺授予我任何奖金。她只想办成一份优秀的杂志并给那些投稿者丰厚的稿酬。

---

① 欧内斯特（Ernest）源出德语中的 Ernst，意为"真诚、热忱"。

很久以后，有一天我遇见乔伊斯，他独自一人看了一场日戏，正沿着圣日耳曼林荫大道走来，尽管他的眼睛看不清演员，但他还是喜欢听他们念台词。他邀我一起去喝一杯，我们便去了双猕猴咖啡馆，要了干雪利酒，尽管你经常读到他只爱喝瑞士的白葡萄酒。

“沃尔什好吗？”乔伊斯说。

“一个某某人活着就等于一个某某人死了，”我说。

“他许诺过授予你那年奖没有？”乔伊斯问。

“许诺过。”

“我也这样想过，”乔伊斯说。

“他许诺过要给你吗？”

“是的，”乔伊斯说。过了一会儿他问：“你认为他对庞德许诺过吗？”

“我不知道。”

“你最好别去问他，”乔伊斯说。我们就此打住。我告诉乔伊斯我在埃兹拉的工作室第一次见到他和那两位身穿裘皮长大衣的姑娘的情景，乔伊斯听到这个故事很高兴。

街景

埃文·希普曼在丁香园咖啡馆

从我发现西尔维亚·比奇的图书馆那天起，我读了屠格涅夫的全部作品，读了已出版的果戈理作品的英译本、康斯坦斯·加内特翻译的托尔斯泰小说以及契诃夫作品的英译本。我们来到巴黎以前，在多伦多有人跟我说过凯瑟琳·曼斯菲尔德是个优秀的短篇小说作家，甚至可说是个伟大的短篇小说作家，可是读过契诃夫以后再试着去读她，就像在听一个年轻的老处女精心编造的故事了，而相比之下，另一位的作品却是出于一个善于表达而洞察人生的内科医生、同时是一位朴实无华的作家之手。曼斯菲尔德像一杯淡啤酒。还不如喝白开水的好。可是契诃夫不是白开水，除了像水一般明澈这一点。有一些短篇似乎就像是新闻报道。可是也有一些是绝妙的佳作。

陀思妥耶夫斯基的作品里有些东西可信也有些不可信，但是有些作品写得那么真实，你读着读着会改变你；脆弱和疯狂、邪恶和圣洁以及赌博的疯狂性，都摆在那里由你去了解，就像你在屠格涅夫的作品中了解那些如画的风景和大路，在托尔斯泰的作品中了解部队的调动、地形、军官、士兵和战斗等等。托尔斯泰使斯蒂芬·克兰那部写美国内战的作品[①]变得仿佛是出于一个从未经历过战争，只读过一些我曾在我祖父母屋子里看过的战役记录和编年史，看过那些布雷迪[②]拍摄的照片的患病小孩的才气横溢的想象而已。我在读到司汤达的《巴马修道院》之前，从未读过有关战争的真实描述，除非是在托尔斯泰的作品里，而司汤达关于滑铁卢战役的精

庞德

彩的记述是这部颇为沉闷的小说中一个出乎意外的片段。发现了这个文学作品的新世界，在一个像巴黎这样有很好的适于工作的生活方式的城市里，不管你是多么穷，你总有时间可以读书，就像拥有了一个给予你的大宝库。你出外旅行时，也能把你这宝藏带在身边，我们到了瑞士和意大利，住在山区，直到我们在奥地利的福拉尔贝格州高地上的山谷里发现了施伦斯，那里总是有许多书籍，这样你就生活在你发现的这个新世界里，那里有雪、森林、冰川以及与之相关的种种冬天的问题，而在白天你待在那村子中鸽子旅馆的高高庇护所中，到夜晚你可以生活在俄罗斯作家们给你的另一个奇

---

① 指美国小说家斯蒂芬·克兰（Stephen Crane，1871—1900）的代表作《红色英勇勋章》。他的确从未经历过战争，但他把一个初次上战场的士兵在战火纷飞的环境中的反应写得淋漓尽致，被誉为战争小说中的杰作。

② 布雷迪（Mathew B. Brady，约1823—1896），美国摄影师，早年专门拍摄包括美国总统的名人像，在美国内战期间，雇用20多名摄影师，分头拍摄各战区的实况。

妙的世界里。起初是俄罗斯作家；接着是所有其他作家。但是很长一段时间读的是俄罗斯作家。

我记得有一次我跟埃兹拉从阿拉戈林荫大道的球场上打了网球一同走回家去，他邀我上他的工作室去喝一杯，路上我问他对陀思妥耶夫斯基到底是怎么看的。

“老实告诉你，海姆，”埃兹拉说，“我还从没读过罗宋人的作品。”

这是一个直截了当的回答，而埃兹拉再没有在口头上给我任何其他说法，但是我感到非常难过，因为他正是我当时最喜爱最信任的评论家，他深信 mot juste——就是说要使用唯一正确的词儿——他教会我不要信赖使用形容词，正如我后来学会在某些情况下不要信赖某些人那样；而我正想听听他对一个几乎从没用过贴切的词儿然而有时却能做到别人几乎无法做到的使他笔下的人物活龙活现的作家的意见。

“集中精力读法国作品吧，”埃兹拉说。“你可以从那方面学到很多东西。”

“这我知道，”我说。“我可以从各方面学到很多东西。”

后来我从埃兹拉的工作室出来，沿着大街走回锯木厂，从两旁高楼夹道的大街望去，望到大街尽头的空旷处，那里可以看到有些光秃的树木，后面遥遥可见比利埃舞厅的门面，就在宽阔的圣米歇尔林荫大道的对面。我终于推开院门走进去，经过堆放着的新锯好的木材，把我那放在夹子里的网球拍搁在通向楼阁顶层的楼梯旁。我向楼上呼喊，但是没有人在家。

“太太出去了，保姆跟宝宝也出去了，”锯木厂老板娘告诉我。她是个很难弄的女人，长得过分肥胖，一头黄铜色的头发，我向她道了谢。

“有个年轻人来找过你，”她说，她用 jeune homme（年轻人）而不用 monsieur（先生）。“他说会在丁香园等你。”

“真是多谢你了，”我说。“要是我太太回家来，请告诉她我在丁香园。”

“她跟朋友们一起出去了，”老板娘说，把紫色的晨衣裹住身子，趿着高跟拖鞋，走进她自己的领地的门洞，没有随手关门。

我在两旁高耸着沾有条条点点污迹的刷过白粉的房屋的大街上向前走去，在开阔的向阳的街口向右转弯，走进幽暗中有缕缕阳光的丁香园咖啡馆。

那里没有我熟识的人，我便走到外面的平台上，发现埃文·希普曼[①]正在等我。他是一位很好的诗人，他懂得并且喜欢赛马、写作和绘画。他站起身来，只见他身材高高的，脸色苍白，两颊瘦削，他的白衬衫领口很脏而且有些破损，领带打得很端正，一身又旧又皱的灰色西服，他沾污的手指比头发还黑，指甲中有污垢，带着可亲的表示歉意的微笑，但不让嘴张大，免得露出一口坏牙。

“很高兴见到你，海姆，”他说。

“你好吗，埃文？”我问他。

“有点儿沮丧，”他说。“不过我想我把那匹‘马捷帕’给镇住了。你一向都好吗？”

“我想是吧，”我说。“你去我家时，我正跟埃兹拉出外打网球去了。”

“埃兹拉好吗？”

---

① 希普曼（Evan Shipman，1904—1957），美国作家，1933 年曾在基威斯特岛担任过海明威大儿子约翰的家庭教师，在西班牙内战中受过伤，后来在第二次世界大战中任军士。发表过一部诗集及一部写赛马的短篇小说集《可自由参加的竞赛》（1935）。

“很好。”

“我太高兴了。海姆，你知道，我看你的住处那儿的房东太太不喜欢我。她不肯让我上楼去等你。”

“我会跟她说的，”我说。

“别麻烦啦。我总是可以在这儿等你的。现在待在阳光下非常舒服，是不？”

“现在已是秋天了，”我说。“我看你穿得不够暖和。”

“只有到了晚上才冷，”埃文说。“我会穿上大衣的。”

“你知道大衣在哪儿吗？”

“不知道。不过准是在什么安全的地方。”

“你怎么知道的？”

“因为我把那首诗留在大衣里了。”他开心地笑起来，嘴唇抿紧遮住了牙齿。“请陪我喝一杯威士忌吧，海姆。”

“行啊。”

“让，”埃文站起来唤侍者。“请来两杯威士忌。”

让端来酒瓶和杯子以及两只标有十法郎字样的小碟，还有苏打水瓶。他不用量杯，径直往杯里注酒，直到超过了杯子容量的四分之三。让喜欢埃文，每逢让休息那天，埃文常常跟他一起到他在巴黎奥里昂门外蒙鲁日镇上的花园里料理花木。

“你可别倒得太多了，”埃文对这个身材高大的老侍者说。

“这不过是两杯威士忌，不是吗？”侍者问道。

我们往杯里加了水，埃文就说：“呷第一口要非常小心，海姆。喝得恰当，能让我们喝一阵子哪。”

“你能照顾好自己吗？”我问他。

“是啊，确实如此，海姆。我们谈点别的吧，好吗？”

在平台上就坐的没有别人，而威士忌使我们两人都感到身子暖和，尽管我穿的秋天衣服比埃文穿的好，因为我穿了一件圆领长袖运动衫作为内衣，然后穿上一件衬衫，衬衫外面套上一件蓝色法国水手式的毛线衫。

“我弄不懂陀思妥耶夫斯基是怎么搞的，”我说。“一个人写得那么坏，坏得令人无法置信，怎么又能这样深深地打动你呢？”

“不可能是译文的问题，”埃文说。“她译托尔斯泰就显出原作写得很精彩。”

“我知道。我记得有多少次我试着想读《战争与和平》，最后才搞到了康斯坦斯·加内特的译本。”

“人家说她的译文还可以提高，”埃文说。“我确信一定能，尽管我不懂俄文，我们可都能读译本。不过它确乎是一部顶刮刮的小说，我看是最伟大的小说吧，你能一遍遍地反复阅读。”

“我知道，”我说。“可你无法一遍遍地读陀思妥耶夫斯基。我有一次出外旅行，带了《罪与罚》，等我们在施伦斯把带去的书都读完了，尽管没有别的书了，我就是无法把《罪与罚》再读一遍。我看奥地利报纸，学习德语，直到找到了几本陶赫尼茨版的特罗洛普作品。”

“上帝保佑陶赫尼茨吧，”埃文说。威士忌已失去了火辣辣的效果，这时兑上了苏打水，只给人以一种太烈的感觉。

“陀思妥耶夫斯基是个坏蛋，海姆，”埃文继续说道。“他最擅长写坏蛋和圣徒。他写出了不少了不起的圣徒。可惜我们不想重看一遍他的作品。”

“我打算再看一遍《卡拉马佐夫兄弟》。很可能我当初看得不对头。”

“你可以把它的一部分再看一遍。它的大部分吧。不过这一来就会使你感到愤怒，不管这作品多么伟大。”

“是啊，我们有幸能有机会第一次读到它，也许还会有更好的译本吧。”

“你可别让这种想法诱惑你，海姆。”

“我不会。我只是试着看下去，在你不知不觉的情况下看进去，这样你越看就越会发现它意味深长。”

“唔，我以让的威士忌向你表示支持，”埃文说。

“他这样做会碰到麻烦的，”我说。

“他已经碰到麻烦了，”埃文说。

“怎么回事？”

“他们眼下正在更换资方，”埃文说。“新的老板们想招徕一批愿意花钱的新顾客，因此打算添设一个美国式的酒吧。侍者都要穿上白色上衣，海姆，并且命令他们思想上准备要剃去小胡子。”

“他们不能对安德烈和让这样做。”

“他们应该是办不到的，但他们还是会这样干的。”

“让一向蓄着小胡子。那是龙骑兵的小胡子。他在骑兵团服役过。”

“他就要不得不把它剃掉了。”

我喝下了杯里剩下的威士忌。

“再来一杯威士忌，先生？”让问道。“希普曼先生，来一杯威士忌？”他那浓密的两端下垂的小胡子是他瘦削而和善的面孔的一个组成部分，光秃的头顶在一绺绺平滑地横贴在上面的头发下闪闪发亮。

“别这么干了，让，”我说。“别冒险啦。”

“没险可冒啊，”他对我们悄声说。“现在一片混乱。很多人要辞职不干了。就这样吧，先生们，”他大声说。他走进咖啡馆，端了一瓶威士忌、两只大玻璃杯、两只标有十法郎的金边碟子和一只矿泉水瓶走出来。

"不要，让，"我说。

他把玻璃杯放在碟子上，把威士忌斟了几乎满满的两杯，然后带着剩有余酒的瓶子回进咖啡馆。埃文和我往杯子里喷了一点矿泉水。

"陀思妥耶夫斯基不认识让，真是一件幸事，"埃文说。"要不然他可能喝得醉死。"

"我们怎么解决这两大杯酒？"

"把它们喝了，"埃文说。"这是一种抗议。对抗雇主的直接行动。"

接下来的星期一早晨我去丁香园写作，安德烈给我送来一杯牛肉汁，那是一杯兑了水的保卫尔牌浓缩牛肉汁。他长得矮小，金发碧眼，原来蓄着粗短的上髭的嘴唇，现在光秃秃的像牧师的样子。他穿着一件美国酒吧招待的白色上衣。

"让在哪儿？"

"他不到明天不会来上班。"

"他怎么样？"

"要他搞通思想得花长一点的时间。整个大战期间他都在一个配备重武器的骑兵团里。他获得了战斗十字勋章和军功勋章。"

"我不知道他原来负过重伤。"

"不。他当然负过伤，可他得的是另一种军功章。是嘉奖英勇行为的。"

"请转告他我向他问好。"

"那当然，"安德烈说。"我希望他不用花太长时间就能自己搞通思想。"

"请你也向他转达希普曼先生的问好。"

"希普曼先生正跟他在一起，"安德烈说。"他们在一起搞园艺工作呢。"

雷阿尔市场附近的夜行人

一个邪恶的特工人员

埃兹拉离开乡村圣母院路去拉巴洛前对我说的最后一句话是："海姆，我要你保管好这瓶鸦片，要等邓宁需要时才给他。"

那是一只装冷霜的大口瓶，我旋开盖子一看，里面的东西黑糊糊、黏稠稠的，有一股生鸦片烟的气味。埃兹拉是从一个印度族长手里买来的，他说，就在意大利人林荫大道附近的歌剧院大街上，价钱很贵。我想，那准是从那历史悠久的"小不点酒吧"来的，那是第一次世界大战后逃兵和毒品贩卖者们的聚集之所。小不点是个非常狭小的酒吧，门面上涂着红色的油漆，在意大利人路上，不比一条过道宽多少。有一个时期，它曾有道后门通巴黎的下水道，从那儿据说能直通那些地下墓穴。邓宁全名为拉尔夫·契弗·邓宁[①]，是个诗人，他抽了鸦片能忘掉吃饭。他抽得过多时只愿喝牛奶，他用三行诗节体[②]写诗，这博得了埃兹拉的好感，并且看出了他诗作中的优点。他的住处和埃兹拉的工作室同在一个院子里，而埃兹拉在离开巴黎前几星期邓宁濒危之际曾叫我去帮助他。

"邓宁快要死了，"埃兹拉的短简上这样写着。"请立即前来。"

邓宁躺在床垫上，看起来像一具骷髅，他无疑早晚会死于营养不足，但是我终于使埃兹拉相信很少有人会在用简短的警句说话时死去，而且我从未听说过有人在用三行诗节这种诗体说话时死去的，这我认为连但丁也做不到。埃兹拉说他不是在用三行诗节讲话，我就说那或许只是听起来像三行诗节，因为他派人把我叫去时我还没睡醒。最后，陪了邓宁一夜等待死亡来临后，只好把这事交给一位医生来处理了，于是邓宁被送往一家私人诊所去戒毒。埃兹拉保证代他付账并征集了一批我不认识的爱好邓宁的诗歌的人来帮助他，只把在真正紧急关头给邓宁送去鸦片的任务留给了我。这是埃兹拉交给我的一项神圣职责，但愿我能不辜负所托，决定什么时候才是真正的紧急关头。有个星期日早晨，紧急关头来了，埃兹拉寓所的看门人来到锯木场，朝着楼上那扇敞开着的窗子，我这时正在窗前研究赛马表，她高声叫道："Monsieur Dunning est monté sur le toit et refuse catégoriquement de descendre.③"

邓宁爬上了工作室的屋顶并断然拒绝下来，这似乎的确是一个紧急关头，我就找出了那瓶鸦片，陪那看门人顺着大街走去，她是个身材矮小、热情认真的女人，被眼前这情况弄得非常激动。

"先生带了要用的东西吗？"她问我。

"当然带了，"我说。"不会有什么问题的。"

"庞德先生什么都想到了，"她说。"他真是仁慈的化身。"

"他的确是这样，"我说。"所以我没有一天不想念他。"

"但愿邓宁先生能通情达理。"

"我带了能吸引他的东西，"我安她的心说。

我们赶到工作室所在的院子，看门女人说，"他已经下来了。"

---

① 邓宁（Ralph Cheever Dunning，1878—1930），美国诗人。二十年代中和在巴黎的美国文人为伍，沉默寡言，热衷于创作传统的格律诗，而不求发表。诗中表达心中的忧伤及人生的无常，终于流露出求死的欲望。最后死于肺痨和生活贫困。多亏庞德等文友的帮助，才能出版了几种诗集。

② 三行诗节（terza rima），意大利的一种抑扬格五音步的诗体，每节三行，其第二行与下一节的第一、第三两行押韵，如 aba，bcc，cdc 等。但丁的《神曲》即以三行诗节写成。

③ 法语："邓宁先生爬上了屋顶并断然拒绝下来。"

“他一定知道我要来了，”我说。

我爬上通向邓宁住处户外的楼梯，敲了敲门。他开了门。他憔悴瘦削，但看上去却出奇地高大。

“埃兹拉要我把这个带给你，”我说，一面把瓶子递给他。“他说你会知道那是什么。”

他接过瓶子瞧了一眼。接着便把瓶子朝我扔来。瓶子打在我胸前，也许是肩膀上吧，然后滚下楼去。

“你这狗娘养的，”他说。“你这杂种。”

“埃兹拉说你也许用得着，”我说。他扔来一只牛奶瓶作为反击。

“你确实用不着吗？”我问道。

他又扔来一只牛奶瓶。我只得退却，他又把一只牛奶瓶击中我的后背。接着他便关上了门。

我捡起那鸦片瓶，瓶子仅仅稍微有些裂缝，我把它放进了口袋。

“他看来不想要庞德先生给他的这个礼物，”我对看门女人说。

“也许他现在会安静下来，”她说。

“也许他自己身边有一些吧，”我说。

“可怜的邓宁先生，”她说。

最后，埃兹拉组织的那一批诗歌爱好者又一次聚集起来帮助邓宁。我本人以及看门女人的干预结果并不成功。那只据称装着鸦片的瓶子给摔裂了，我用蜡纸包好了，仔细地扎好，藏在我的一只旧马靴里。几年后，埃文·希普曼帮我从我那套公寓里搬走我的私人物品时，那双马靴还在，但鸦片瓶却不见了。我不明白为什么邓宁朝我扔奶瓶，除非他想起了他第一次病危的那天夜晚我没有表示轻信，要不，是否只是因为天生对我这个人厌恶。但是我记得“邓宁先生爬上了屋顶并断然拒绝下来”这句话使埃文·希普曼听得很高兴。他认为其中有几分象征的涵义。我可看不出来。也许邓宁把我当成了一名邪恶的特工或者警察局的暗探了。我只知道埃兹拉一心想关心照应邓宁就像他关心照应很多人一样，而且我始终希望邓宁真像埃兹拉所认为的那样是一位优秀的诗人。拿一位诗人来说，他扔奶瓶倒扔得非常准。但是埃兹拉是一位非常伟大的诗人，并且打得一手好网球。埃文·希普曼是一位非常优秀的诗人，对他的诗是否能出版毫不介意，他认为这事应该一直是个谜。

“我们在生活里需要更多的真正的谜，海姆，”有一次他对我这样说。“完全没有野心的作家与真正好的没有发表的诗作是当前我们最缺乏的东西。当然，这里存在着维持生计的问题。”

巴黎桑德监狱外墙

我爱她，我并不爱任何别的女人，我们单独在一起时度过的是美好的令人着迷的时光。我写作很顺利，我们一起做过几次非常愉快的旅行，因此我认为我们又成为不可损害的伴侣了，但是等到我们在暮春时分离开山区回到了巴黎，另外的那件事重新开始了。

……

巴黎永远没有个完，每一个在巴黎住过的人的回忆与其他人的都不相同。我们总会回到那里，不管我们是什么人，她怎么变，也不管你到达那儿有多困难或者多容易，巴黎永远是值得你去的，不管你带给了她什么，你总会得到回报。不过这乃是我们还十分贫穷但也十分幸福的早年时代巴黎的情况。

司各特·菲茨杰拉德

他的才能像一只粉蝶翅膀上的粉末构成的图案那样地自然。有一个时期，他对此并不比粉蝶所知更多，他也不知道这图案是什么时候给擦掉或损坏的。后来他才意识到翅膀受了损伤，并了解它们的构造，于是学会了思索，他再也不会飞了，因为对飞翔的爱好已经消失，他只能回忆往昔毫不费力地飞翔的日子。

我初次遇见司各特·菲茨杰拉德就发生了一件非常奇怪的事。司各特碰上很多奇怪的事，但是这件事我永远忘不掉。那天我正在德朗布尔路上的丁戈饭店的酒吧间，跟一些毫无价值的人坐在一起，这时他走了进来，作了自我介绍，并且介绍一位跟他一起来的身材高大、和蔼可亲的男人，就是那著名的棒球投手邓克·查普林。我过去没有关注过普林斯顿的棒球赛，因此从未听到过邓克·查普林的名字，但是他非常和蔼、无忧无虑、从容不迫而且友好，跟司各特相比，我更喜欢他。

司各特当时看起来像个孩子，一张脸介于英俊和漂亮之间。他长着金色的波浪形卷发，高高的额角，一双兴奋而友好的眼睛，一张嘴唇很长、带着爱尔兰人风度的纤巧的嘴，如果长在姑娘脸上，会是一张美人的嘴。他的下巴造型很好，耳朵长得很好看，一只漂亮的鼻子，几乎可以说很美，没有什么疤痕。这一切加起来原不会成为一张漂亮的脸，但是那漂亮却来自色调，来自那非常悦目的金

菲茨杰拉德

发和那张嘴。那张嘴在你熟识他以前总使你烦恼，等你熟识了就更使你烦恼了。

我那时很想结识他，因此埋头苦干了一整天后，司各特·菲茨杰拉德居然会到这里来，似乎使人感到非常奇妙，还有那位了不起的邓克·查普林，我过去从未听到过他的名字，可他现在成了我的好朋友。司各特一直讲个不停，由于他讲的话使我窘困——都是关于我的什么作品以及如何了不起等等——我便目不转睛地盯着他看，只顾注意看而不去听他说什么。我们那时仍旧遵从这样的思想方法，认为当面恭维乃是公开的耻辱。司各特要了香槟酒，于是他和邓克·查普林还有我三人，我记得，跟一些毫无价值的人一起喝起来。我看邓克或者我并不在仔细地听他的演讲，因为那不过是演讲而已，而我一直在观察司各特。他身体单薄，看起来情况不是非常好，他的脸微微有点虚胖。他穿的布罗克斯兄弟服装公司的套装很合身，他穿了一件领尖钉有饰扣的白衬衫，系了一根格尔德公司的领带。我想该告诉他我对这领带的意见，也许吧，因为在巴黎的确有英国人，也许有一个会走进这丁戈酒吧间——眼前这里就有两个——可是再一想，去它的，算了吧，便又盯着他看了一会儿。后来才知道那根领带原来是在罗马买的。

我现在这样盯着他瞧可并没有了解到他多少情况，除了看出他模样很好，两只手不太小，显得很能干，而当他在一张酒吧高脚凳上坐下的时候，我看出他的两条腿很短。如果是正常的腿的话，他或许可以高出两英寸。我们已经喝完了第一瓶香槟，开始喝第二瓶，他的话少起来了。

邓克和我都开始感到这时甚至比喝香槟之前的感觉还要好些，而那演讲总算停了，正是件好事。直到这时我才觉得我是一个多么伟大的作家，但一直在我本人和我妻子之间小心地保守着这个秘密，只有对那些我们相知很深的人才谈起这一点。关于我可能已达到这样伟大的程度，司各特得出了同样愉快的结论，使我很高兴，但是他这篇演讲快讲不下去了，也使我感到高兴。可是演讲一停，提问的阶段开始了。你可以专心观察他而不去注意听他说话，但是他的提问你却回避不了。我后来发现，司各特认为小说家可以通过直接向他的朋友或熟人提问来获得他需要知道的东西。那些提问是直截了当的。

“欧内斯特，”他说。“我叫你欧内斯特，你不介意吧？”

“问邓克吧，”我说。

“别犯傻啦。这是认真的。告诉我，你跟你妻子在你们结婚前

菲茨杰拉德

在一起睡过吗？”

“我不知道。”

“你不知道，这是什么意思？”

“我不记得了。”

“这样一件重要的事你怎么能不记得？”

“我不知道，”我说。“很奇怪，不是吗？”

“比奇怪还糟，”司各特说。“你一定能记得起来的。”

“很抱歉。真遗憾，是不是？”

“别像什么英国佬讲话吧，”他说。“放正经些，回忆一下吧。”

“不行，”我说。“毫无办法了。”

“你可以老老实实努力回忆一下嘛。”

这番话声调很高，我想。不知道他是不是对每个人都是这么讲的，但是我不这样想，因为我曾注意到他说这番话时在冒汗。汗是从他修长的完美的爱尔兰式上唇沁出来的，一滴滴很小的汗珠，那时我正把视线从他的脸上往下移，见他坐在酒吧高凳上往上提起了腿，我目测着这两条腿的长短，后来我又回过来注视他的脸，正是在这时奇怪的事情发生了。

他坐在吧台前，擎着那杯香槟，脸上的皮肤似乎全部绷紧了起来，直到脸上原来的虚胖完全消失，接着越绷越紧，最后变得像一个骷髅头了。两眼凹陷，开始显出死去的样子，两片嘴唇抿得紧紧的，脸上失去了血色，以致成为点过的蜡烛的颜色。这可不是我的凭空想象。他的脸变成了一个真正的骷髅头，或者可以说成了一张死人的面模，就在我的眼前。

“司各特，”我说。“你没事吧？”

他没有回答，脸皮却看上去绷得更紧了。

“我们最好把他送到急救站去，”我对邓克·查普林说。

“不用。他没事。”

“他看起来像快要死了。”

“不。他喝了酒就会这样。”

我们把他扶进一辆出租汽车，我非常担心，但邓克说没事，不用为他担心。“很可能等一到家他就好了，”他说。

他准是到家就好的，因为几天以后我在丁香园咖啡馆遇见了他，我说我很抱歉，喝了那玩意儿把他醉成那样，可能我们那天一面讲话，一面喝得太快了。

“你说抱歉是什么意思？是什么玩意儿把我搞成那副样子的？你在说些什么，欧内斯特？”

“我的意思是指那天晚上在丁戈酒吧间。”

“那天晚上我在丁戈没有发什么病啊。我只是因为你们跟那些该死的英国佬在一起搞得我厌倦透了，才回家去的。”

“你在的时候根本没有什么英国佬。只有那名酒吧侍者。”

“别故弄玄虚啦。你知道我指的是谁。”

“哦，”我说。他后来又到丁戈去过。要不，他另外有一次上那儿去过。不，我记起来了，当时是有两个英国佬在那儿。这是真的。我记得他们是谁。他们的确在那儿。

“是的，”我说。“当然啰。”

“有个有假贵族头衔的姑娘很无礼，还有那个跟她在一起的愚蠢的酒鬼。他们说是你的朋友。”

“他们是我的朋友。她有时候确实非常无礼。”

“你明白啦。所以用不着仅仅为了一个人喝了几杯酒就故弄玄虚。你为什么要故弄玄虚？这类事情可不是我认为你会做的。”

“我不知道。”我想变换话题。接着我想起了一件事。“他们为了你的领带才那么无礼的吗？”我问道。

“他们干吗要为了我的领带无礼呢？我那天系的是一条普通的黑色针织领带，穿的是一件白色马球衫。”

于是我认输了，他就问我为什么喜欢这家咖啡馆，我告诉他这家咖啡馆过去的情况，他开始竭力喜欢它，于是我们坐在那里，我是喜欢这家咖啡馆，而他则是竭力设法喜欢它，他提了一些问题，告诉我关于一些作家、出版商、代理人和评论家以及乔治·霍勒斯·洛里默[①]的情况，还有做一个成功的作家会招来的流言蜚语以及经济状况等等，他冷嘲热讽，怪有趣的，非常快活而且媚人和惹人喜爱，即使你对任何人变得惹人喜爱往往会持谨慎态度。他以轻蔑的口吻谈到他所写的每篇作品，但不带一丝怨恨，我明白他那部新作一定非常出色，他才能不带一丝怨恨谈起过去的作品的缺点。他要我读他的新作《了不起的盖茨比》[②]，一旦他从人家手里讨回了他最后也是仅有的一本，就可以给我看。听他谈起这本书，你绝对无法知道它有多么出色，只看到他对此感到羞怯，这是所有谦虚的作家写出了非常优秀的作品时都会流露的表情，因此我希望他很快讨回这本书，这样我就可以阅读了。

司各特告诉我，他从马克斯韦尔·珀金斯[③]那儿听说这部书销路不佳，但是得到了极好的评论。我不记得是在当天还是好久以后，他给我看一篇吉尔伯特·塞尔迪斯[④]写的书评，写得不能再好了。除非吉尔伯特·塞尔迪斯文笔更好，才能写出比这更好的评论来。司各特对这部书销路不好感到困惑，受了伤害，但是正如我所说的，那时他丝毫没有怨恨，关于这部书的质量，他既害羞又高兴。

这一天，我们坐在丁香园外面的平台上，看着暮色渐降，看着人行道上过往的行人和黄昏时分灰暗的光线在变化，我们喝了两杯兑苏打水的威士忌，在他身上没有引起化学变化。我仔细观察着，

① 洛里默（George Horace Lorimer，1867—1937），长期担任《星期六晚邮报》编辑（1899—1936），使该刊销数达每期 300 万份。

② 《了不起的盖茨比》（*The Great Gatsby*，1925）是菲茨杰拉德的杰作，也是表现美国所谓“爵士时代”（第一次世界大战之后的二十年代）的重要作品。

③ 美国斯克里布纳出版公司的编辑。为司各特的编辑，经司各特的介绍，后亦为海明威的编辑。

④ 吉尔伯特·塞尔迪斯（Gilbert Seldes，1893—1970）其时为《本拉丁区》杂志的编辑。

但是这种变化没有出现，他没有提出无耻的问题，没有做出任何使人为难的事，也没有发表长篇大论，举止行为像个正常、明智而可爱的人。

他告诉我他跟他的妻子姗尔达因为气候恶劣不得不把他们的那辆雷诺牌小汽车丢在里昂，他问我是否愿意陪他一同乘火车去把那辆汽车领下然后同他一起把车子开回巴黎。菲茨杰拉德夫妇在离星形广场不远的蒂尔西特路 14 号租了一个带家具的套间。这时已是暮春时节，我想乡野正是一派大好风光，我们可以作一次极好的旅行。司各特似乎那么友好，那么通情达理，我已经注意到他喝了两满杯纯威士忌，但什么事也没有发生，看他那么有魅力，表面看来神志正常，这使那天晚上在丁戈发生的事仿佛是一场不愉快的噩梦。所以我说愿意陪他一起去里昂，那他想什么时候动身呢？

我们说好第二天碰头，接着安排乘早晨始发去里昂的快车。这趟火车离开巴黎的时间很合适，行驶极快。据我回忆，中间仅在第戎停靠一次。我们打算进入里昂城，把汽车检修一下，如果处于良好状态，便美美地吃上一顿晚餐，第二天一早动身开回巴黎。

我对这次旅行颇为热心。我将和一个比我年龄大的有成就的作家结伴同行，我们在车厢里交谈时，我肯定会学到许多有用的知识。现在回想起来很奇怪，我竟会把司各特认作是一个老作家，可当时由于我还没有读过《了不起的盖茨比》，我认为他是一个年龄大得多的作家。我认为他三年前在《星期六晚邮报》上发表的那些短篇小说是值得一读的，但我从来不认为他是个严肃作家。他曾在丁香园咖啡馆告诉我他是怎样写出那些他自以为是很好的短篇小说的，它们对《邮报》来说也确实是好作品，此后他把这些短篇小说改写成投寄给杂志的稿件，完全懂得该如何运用诀窍把它们改成容易出手的杂志故事。这使我震惊，我说我觉得这无异于卖淫，他说正是卖淫，可是他必须这样做，他要先从杂志赚到了钱才能进一步去写像样的作品。我说我不相信一个人可以爱怎样写就怎样写而不断送他的才能，除非他尽力写出他的最佳作品。他说，由于他一开始就写出了真正有价值的短篇，临了又把它们糟蹋了，改动了，这对他是不会有什么害处的。我不相信这一点，于是想说服他别这么干，但是我需要有一部长篇小说来支持我的信念，拿出来给他看，使他信服，可惜我还没有写出一部这样的小说。因为我已着手打破原来的那一套写作方式，摒弃一切技巧，竭力用塑造来代替描述，写作便成了一种干起来非常奇妙的事情。但是这样做非常困难，我不知道究竟是否能写出一部像长篇小说那样的作品来。我写一段就常常要劳作整整一个上午。

我的妻子哈德莉为我能作这次旅行感到高兴，尽管她对已经读过的司各特的作品并不认真对待。她心目中的好作家是亨利·詹姆斯①。但是她认为让我放下工作休息一下，去做这次旅行倒是个好主意，虽然我们俩都希望能有足够的钱买一辆汽车，自己出去这样旅行。但是这样的事我根本不知道能不能做到。我曾从博奈与利夫莱特出版公司为那年秋天在美国出版我的第一个短篇集接到了一笔两百元的预支稿费，我眼下正把短篇小说卖给《法兰克福日报》、柏林的《横断面》杂志、巴黎的《本拉丁区》和《大西洋彼岸评论》，而我们的生活过得非常俭省，除了必需品以外决不乱花钱，为了能省下钱来七月里去潘普洛纳②参加那里的节日，然后去马德里，最后去巴伦西亚③参加节日。

---

① 亨利·詹姆斯（Henry James，1843—1916），英国著名小说家，其代表作有《戴茜·密勒》和《一个妇人的肖像》等。

② 潘普洛纳（Pamplona）为西班牙东北部一城市，每年 7 月初圣福明节期间举行斗牛赛。

③ 巴伦西亚为西班牙东部的海滨城市。

在我们要从巴黎的里昂站动身的那天早晨，我到达时，时间还很充裕，就在上列车的站门口等候司各特来。他将把车票带来。等到火车离站的时间逼近了，他却还没有来，我就买了一张可以进站的站台票，沿着列车旁边走着找他。我没有看到他，这时长长的列车快要启动离站了，我便跳上火车，在车厢里穿行，但愿他已在车上了。这是一列很长的火车，但他没有在车上。我向列车员说明了情况，买了一张二等票——这趟车没有三等——并向列车员打听里昂最好的旅馆叫什么。这时没有别的事情可做，只有到了第戎给司各特打电报告诉他里昂那家旅馆的地址，说我会在那里等他。他离家前不会接到电报，但是相信他的妻子会把电报转给他的。那时我还从未听到过一个成年人居然会错过一趟火车，可是在这次旅行中我学到很多新鲜事。

在那些日子里，我的脾气很坏，性子很急，但是等列车穿过了蒙特罗城，我冷静下来，不再怒气冲冲，而是眺望并欣赏乡野的景色了。到了中午，我在餐车中吃了一顿很好的午餐，喝了一瓶圣埃米利翁红葡萄酒，想起我尽管是个大傻瓜接受邀请出门旅行，原该由别人破钞，却在花掉我们去西班牙所需的钱，结果这对我真是个很好的教训。我从未接受过邀请出门作一次由别人付钱而不是分摊费用的旅行，而这一次我曾坚持由我们两人分摊旅馆和饮食的费用。可现在我连菲茨杰拉德是否会露面都不知道。我在生气的时候曾把他从司各特降级到菲茨杰拉德[①]。后来，使我感到高兴的是我一开始就把怒气发泄一空，也就不再生气了。这可不是一次为容易生气的人设计的旅行。

在里昂我获悉司各特已离开巴黎前来里昂，但是没有留下话来

① 美国习俗，朋友间亲切的称呼是叫对方的教名，而生疏者则呼其姓氏。

他眼下待在哪里。我再次讲明我目前的地址，女仆说如果他打电话来她会告诉他的。太太身体不适，尚未起床。我给所有有名的旅馆都打了电话并留了话，但就是无法找到司各特的下落，后来我出门去一家咖啡馆喝一杯开胃酒并看看报。在咖啡馆里我遇见一个以吞火谋生的人，他还会用一副没牙的牙床骨咬住钱币然后用拇指和食指把它扳弯。他露出牙龈给我看，那牙龈看上去在发炎，但还坚实，他说他干的这行可是个不赖的行当。我请他喝一杯酒，他很高兴。他有一张漂亮的黝黑的脸，在吞火时脸上闪烁发亮。他说在里昂吞火及用手指和牙床干卖弄力气的绝技都赚不到钱。假冒的吞火者毁坏了这行当的名声，只要有什么地方容许他们表演，他们就会继续毁坏这一行。他说他整个晚上一直在吞火，可是身上没有足够的钱让他在这个晚上能吃上一点别的东西。我请他再喝一杯，把吞火时留下的汽油味冲掉，并说如果他知道哪里有一家便宜的好地方我们可以一起吃顿晚餐。他说他知道有一处很好的地方。

我们在一家阿尔及利亚餐馆吃了一顿非常便宜的晚餐，我喜欢那里的吃食和阿尔及利亚葡萄酒。这吞火者是个好人，看他吃饭很有趣，因为就像大多数人能用牙齿咀嚼那样，他能用牙龈咀嚼。他问我是靠什么维持生活的，我就告诉他眼下正开始以写作为生。他问我写哪种作品，我告诉他是短篇小说。他说他知道许多故事，有一些故事比任何有人写出过的更恐怖更令人难以置信。他可以把这些故事讲给我听，由我把它们写出来，要是赚到了钱，随我看给多少合适就给多少。最好是我们一起上北非去，他会领我去蓝色苏丹[①]的国度，在那里我能采集到人们从没听到过

① 苏丹（Sultan）为伊斯兰教国家统治者的称呼，又译素丹，以与苏丹国区别。

的故事。

我问他那是哪种故事，他说是关于战役、处死、酷刑、强奸、骇人的风俗、令人无法置信的习俗、放荡淫逸的行为等；只要是我需要的都有。这时到了我回到旅馆去再一次查询司各特的下落的时候了，所以我付了饭钱，说我们今后准会再见面的。他说他正向着马赛一路卖艺，我就说我们迟早会在什么地方再见，这次一起吃饭感到十分愉快。我撇下他，让他把那些弄弯的硬币扳正，堆在桌子上，我便回旅馆去。

里昂在夜晚不是一个使人感到十分愉快的城市。它是一座巨大的、凝重的、财富殷实的城市，如果你有钱，大概会感到很好并且喜欢这类城市的。多年来我一直听人说起那里餐馆里的鸡极好，但是我们却吃了羊肉。结果羊肉也其味甚佳。

旅馆里没有接到来自司各特的消息，于是我在这家旅馆使我不习惯的豪华舒适的氛围中上了床，阅读我从西尔维亚·比奇的图书馆里借来的屠格涅夫的《猎人笔记》第一卷。我已经有三年没有置身于一家豪华的大旅馆之中了，我把窗户都敞开，卷起枕头塞在双肩和头颈下面，与屠格涅夫一起在俄罗斯遨游，感到惬意，读着读着便进入了梦乡。翌晨我正在刮脸准备出去吃早饭，服务台打电话来说有一位先生在楼下要见我。

“请他上楼来吧，”我说，一面继续刮脸，并且谛听着这座城市一大早就开始生气勃勃地喧闹起来的市声。

司各特没有上楼来，我在楼下账台前和他见面。

“非常抱歉，事情搞得这样一团糟，”他说。“要是我早知道你打算住哪家旅馆，事情就简单了。”

“没关系，”我说。我们要驾车跑好长一程路，所以我只求相安无事。“你结果乘哪趟火车来的？”

"在你乘的那趟车后面不久的那一趟。车上非常舒适，我们原可以一起乘这趟车来的。"

"你吃过早饭了吗？"

"还没有。我在全城到处找你来着。"

"真遗憾，"我说。"你家里没人告诉你我在这里吗？"

"没有。姗尔达身体不适，也许我本不该来。这次旅行到目前为止简直是场灾难。"

"我们去吃点早点，然后领了那辆车就开溜，"我说。

"很好。我们在这儿吃可好？"

"上咖啡馆去吃会快些。"

"可我们准能在这儿吃上一顿好早餐的。"

"好吧。"

这是一顿丰盛的美国式早餐，有火腿有煎蛋，实在太美啦。但是等我们点了菜，菜来了，吃好了，再等着付账，将近一个钟点就过去了。直到侍者把账单送来时，司各特才决定让旅馆给我们准备一份自带午餐。我竭力劝他别这么干，因为我肯定我们能在马空买到一瓶马空葡萄酒，还可以在一家熟食店买些肉食做三明治。要不，如果我们经过时店铺已经打烊，在我们途中有的是餐馆，我们可以停车就餐。但是他说我告诉过他里昂的鸡妙不可言，那么我们当然应该带一只走。因此旅馆就给我们做了一顿午餐，价钱至多比我们自己到外面去买所花的钱高出四五倍罢了。

我碰到司各特之前，他显然喝过酒，因为他看上去似乎还需要喝一杯，我便问他在我们出发前是否要上酒吧间去喝一杯。他告诉我说他不是一个习惯在早晨喝酒的人，还问我是不是。我对他说那全得看我当时感觉如何，以及我必须干什么，他就说如果我感觉需要喝一杯，他愿意奉陪，这样我就不必孤零零一个人喝了。所以我们在酒吧间各喝了一杯兑毕雷矿泉水[1]的威士忌，一面等待旅馆给我们做的午餐，我们俩都感到舒服多了。

尽管司各特愿意承担一切费用，我还是付了旅馆客房和酒吧的账。这次旅行开始以来，我在感情上觉得有点别扭，我发现我能付钱的项目越多，就越感到舒畅。我正在把我们节省下来准备去西班牙的钱用光，但是我知道我在西尔维亚·比奇那里享有很好的信誉，因此不管我现在怎样挥霍，都可以向她借了过后偿还。

在司各特存放汽车的车库里，我惊奇地发现那辆雷诺小汽车没有顶篷。顶篷在汽车在马赛卸下时损坏了，或者在马赛多少损坏了，姗尔达便吩咐把顶篷截掉，不愿意换上新的。他的妻子厌恶汽车顶篷，司各特曾告诉我，这样他们就没有顶篷一直把车子开到了里昂，在那里他们被大雨所阻。除此以外，汽车状况良好，司各特为洗车、加润滑油等方面以及加两公升汽油所需的费用讨价还价后付了钱。汽车库工人向我解释说这汽车该换上新的活塞环，并且显然是在没有足够的油和水的情况下行驶过。他指给我看车子是怎样发热并烧掉了发动机的涂漆的。他说要是我能说服先生到了巴黎换一个新的活塞环，这辆漂亮的小汽车就能按设计要求发挥效能了。

“先生不让我装上顶篷。”

“是吗？”

“一个人对一辆车该负责啊。”

“是该这样。”

“你们两位先生都没有带雨衣吗？”

“没有，”我说。“我不知道这车没有顶篷。”

“想办法让那位先生认真考虑一下吧，”他恳求地说。“至少要

① 毕雷矿泉水，法国南部产的一种冒泡的矿泉水，毕雷系商标名。

认真考虑这辆车子。”

“好，”我说。

我们在里昂以北大约一小时路程的地方为大雨所阻。

那一天，我们因遇雨而不得不停车可能有十次之多。大都是短暂的阵雨，也有几次历时较长。如果我们有雨衣的话，在这春雨中驾车该是够惬意的。结果，我们寻找树荫躲雨或者在路边停车进咖啡馆。我们从里昂那家旅馆带来的冷餐非常出色：一只绝妙的块菌烤鸡、可口的面包和马空白葡萄酒，我们每次停车躲雨喝马空白葡萄酒时，司各特显得非常快活。到了马空，我又买了四瓶上好的葡萄酒，我们想喝时我就旋开瓶塞。

我不能肯定司各特以前是否就着瓶子喝过酒，这使他很兴奋，仿佛他是在访问贫民区，或者像一个姑娘第一次去游泳却没有穿泳装那样。但是到了晌午，他就开始担心起自己的健康来了。他告诉我最近有两个人死于肺部充血的事。这两个人都死在意大利，使他为之深深感动。

我告诉他肺部充血是肺炎的旧名称，他对我说我根本不知道这是怎么回事，而且绝对地错了。肺部充血是欧洲特有的一种疾病，即使我读过我父亲的那些医书，也不可能对此有任何了解，因为那些书中论述的疾病纯然是在美国才有的。我说我的父亲也曾在欧洲念过书。但是司各特解释说，肺部充血只是最近几年才在欧洲出现，我的父亲不可能对此有任何了解。他还解释说疾病在美国因地而异，如果我的父亲在纽约而不是在中西部行医，他就会熟悉一整套完全不同的疾病。他用了一整套这个词儿。

我说关于某些疾病在美国的一部分地区流行而在别的地区没有出现，他说得很有道理，我并且举出麻风病发病率的数字在新奥尔良较高，而当时在芝加哥则较低为例加以证明。但是我还说医生之间有一种互相交流学识和信息的制度，他既然提出了这个问题，现在我倒想起曾在《美国医学协会杂志》上读到过一篇论述欧洲肺部充血症的权威论文，把该病的历史追溯到希波克拉底[①]的时代。这一来使他安静了一会儿，我便劝他再喝一杯马空葡萄酒，因为一种上好的白葡萄酒，尽管相当浓烈，酒精含量却很低，几乎是一种防治疾病的特效药。

我这样讲了，司各特稍为欢快起来，可是不多一会儿又不行了，问我在我刚才告诉他的欧洲型真正的肺部充血症的征兆发烧和神志昏迷突然出现之前，我们能否赶到一个大城市。我当时正把一篇从法国医学杂志上读到的论述这种疾病的文章的内容翻译给他听，我告诉他那是我在纳伊利的那家美国医院等候做喉部烧灼手术时读到的。烧灼手术这个词对司各特起了一种抚慰的作用。但是他想知道什么时候我们能赶到城里。我说如果我们兼程前进，我们将在二十五分钟到一个小时内到达。

司各特接着问我是否害怕死去，我说有时更怕些，别的时候又不那么怕。

这时雨真的下得大起来了，我们便在下一个村子的咖啡馆里躲雨。我记不清那天下午所有的详细情况了，但是等我们终于住进一家旅馆，那准是在索恩河上的夏龙，时间已经太晚，药房都关门了。我们一到旅馆，司各特就脱了衣服上了床。他说他不在乎因肺部充血而死去了。问题只在于由谁来照看姗尔达和小司各蒂。我不很清楚我能怎样照看他们，因为我如今在照看我的妻子哈德莉和我幼小的儿子邦比已经够吃苦受累了，但是我说我会尽力而为，司各

---

① 希波克拉底（Hippocrates，460？B.C.—377？B.C.），古希腊医生，有医学之父之称。

特便向我表示感谢。我一定得当心别让姗尔达喝酒，并且让司各蒂有一位英国女家庭教师。

我们已经把淋湿的衣服送去烤干，身上都穿着睡衣。外面还在下雨，但是在房间里，电灯亮着，使人感到愉快。司各特躺在床上，养精蓄锐准备跟他的疾病作斗争。我曾把过他的脉，七十二跳，也摸过他的额角，额角是凉的。我听了他的胸部，要他作深呼吸，他的胸部听起来完全正常。

“听着，司各特，”我说。“你的身体完全没问题。如果你想做一件最好的事来避免感冒，那就在床上待着，我会给你和我各叫一杯柠檬水和一杯威士忌，你用你的饮料服一片阿司匹林，就会感到很舒服，连你脑袋瓜里都不会着凉。”

“这些是老婆子们的治疗法啊，”司各特说。

“你没有一点热度。真见鬼，没有热度怎么会肺部充血呢？”

“你别诅咒我，”司各特说。“你怎么知道我没有热度？”

“你的脉搏正常，而且摸上去没有一点发烧的感觉。”

“摸上去，”司各特抱怨地说。“如果你是一个真正的朋友，给我弄一支体温表来。”

“我身上穿着睡衣呢。”

“找人去弄一支来。”

我打铃叫茶房。他没有来，我再次打铃，接着径自顺着走廊去找他。司各特正闭目躺着，慢慢地、小心地呼吸着，加上他那蜡黄的脸色和俊美的相貌，看上去活像是个死去的十字军小骑士。我这时开始厌倦起文学生涯来了，如果说我现在过的就是文学生涯的话，而且我早已不惦记着写作了，每当一天过去，你生命中又浪费了一天，我总感到死一般的寂寞。我对司各特，对这出愚蠢的喜剧感到十分厌倦，但是我找到了茶房，便给他钱要他去买一支体温表和一瓶阿司匹林，还要了两杯生榨柠檬汁和两杯双份威士忌。我原想要一瓶威士忌，但他们只论杯卖。

回到房间，只见司各特仍旧躺着，好像躺在墓石上似的，像给自己立的一座纪念碑上的雕像，双目紧闭，带着一种可为人模范的尊严呼吸着。

听见我走进房间，他开口了。“弄到体温表了吗？”

我走过去，伸出一只手放在他的额角上。额角可不像坟墓那样冷。但却是阴凉的，并不是黏糊糊的。

“没有，”我说。

“我以为你带来了。”

“我让人去买了。”

“这可不是一回事。”

“对。可不是，是不？”

你根本没法对司各特发怒，就像你没法对一个疯子发怒一样，但是我开始对自己生起气来，因为给卷进了这桩大蠢事，自讨苦吃。然而他自有道理，这我非常清楚。那时大多数的酒徒都死于肺炎，这种病现在几乎已经绝迹了。但是要把他看作酒徒并不容易，因为他只受到那么少量的酒精的影响。

那时在欧洲，我们认为葡萄酒是一种像食物一样有益于健康的正常的饮料，也是能使人愉快、舒畅和喜悦的伟大的赐予者。喝葡萄酒不是一种讲究派头的行为，不是一种矫揉造作的标志，也不是一种时尚；它和吃饭一样自然，而且在我看来和吃饭一样不可缺少，因此我无法想象吃一顿饭而不喝葡萄酒或者连一杯苹果汁或啤酒都不喝。我什么葡萄酒都爱喝，除了甜的或带点甜味的以及太烈性的葡萄酒，因此从没想到一起喝几瓶相当淡的马空干白葡萄酒竟会在司各特身上引起化学反应，把他变成了一个傻瓜。那天早晨我们喝过威士忌加毕雷矿泉水，但那时我对酒精的影响一无所知，无法想象一杯威士忌会对任何一个冒雨驾驶一辆敞篷汽车的人造成伤害。酒精该在很短时间内就氧化掉了。

在等候茶房把我要的各种东西送来时，我坐着看报，并把一瓶在最后一次停车时开了瓶的马空葡萄酒喝光了。在法国，报纸上总有一些绝妙的犯罪行为的报道，你可以一天接一天地看下去。这些犯罪报道读起来像连载的故事，由于没有像美国的连载故事那样附有前情梗概，你必须读过那些开头的章节才行，可是反正没有一篇连载故事能与美国期刊上的比美，除非你读了那最最重要的第一章。当你在法国旅行的时候，能读到的报纸总是使你感到失望，因为你看不到各种不同的犯罪案件、桃色新闻或者丑闻的连续报道，你也得不到原本在一家咖啡馆里读这些新闻所能得到的很多乐趣。今晚我会更喜欢待在一家咖啡馆里，在那里可以阅读巴黎各报的早晨版，观看周围的人，在准备用晚餐之前喝一杯比马空葡萄酒稍稍具有权威性的酒。但是我此刻正照看着司各特，所以只能随遇而安、自得其乐了。

等那茶房送来了两杯加冰块的生榨柠檬汁、两杯威士忌和一瓶毕雷矿泉水，他告诉我药房已经关门，没法弄到一支体温表。他借到了几片阿司匹林。我问他能不能设法借到一支体温表。司各特睁开眼来，向茶房投去爱尔兰人的恶毒的一眼。

“你告诉他情况有多严重吗？”

“我想他是懂得的。”

“请你竭力把话说清楚。”

我想法把情况给他说清楚，茶房就说，“我会尽力弄一支来的。”

“你让他去办事给了他足够的小费没有？他们得了小费才

办事。”

“这我倒不知道，”我说。“我原以为旅馆额外给他们报酬的。”

“我的意思是他们只有拿了丰厚的小费才肯给你办事。他们大都已经完全堕落了。”

我想起埃文·希普曼，想起在丁香园咖啡馆的那名招待，当人家在丁香园改建美国式酒吧时，硬逼他剃去了唇髭，还想起在我结识司各特以前好久埃文怎样去和那招待在蒙鲁日的花园里搞园艺活，我们大家是那样的好朋友，在丁香园咖啡馆待过很长一段时期，还想起我们在那里采取的一切行动以及这一切对我们大家所含有的意义。我想到要把这丁香园的整个问题告诉司各特，尽管我可能曾经在他面前提起过，但是我知道他并不关心这些招待，也不关心他们的问题或者他们的超乎寻常的好意和感情。那时司各特厌恨法国人，而由于他经常接触的法国人几乎只是些他并不了解的招待、出租车司机、车库雇工和房东等等，他要侮辱和谩骂他们有的是机会。

他恨意大利人甚至比恨法国人更甚，即使在没有喝醉的时候也不能平静地谈到他们。对英国人他也经常表示厌恨，但有时又能容忍他们，时或还尊敬他们。我不知道他对德国人和奥地利人怎么看。我不知道他那时是否曾接触过任何德国人和奥地利人或者任何瑞士人。

这天晚上在旅馆，他显得非常平静，这使我高兴。我把柠檬汁和威士忌混在一起，和两片阿司匹林一起递给他，他没有反对便把阿司匹林吞下了，态度平静得叫人敬佩，接着便呷起酒来。这时他的眼睛张开了，正望着远处。我在读报纸中间几页上的犯罪报道，感到十分惬意，似乎太惬意了。

“你是个冷酷的人，是不是？”司各特问，我看了他一眼，明白我的处方错了，如果错不在我的诊断的话，还明白威士忌在跟我们作对了。

“你这是什么意思，司各特？”

“你居然能坐在那里读一张一文不值的法国报纸，而我快要死了在你看来却算不了一回事。”

“你要我去请个医生来吗？”

“不。我可不要法国外省的卑劣的医生。”

“那你要什么？”

“我要量体温。然后把我的衣服烤干，我们乘上一趟回巴黎的快车，住进巴黎近郊纳伊利的那家美国医院。”

“我们的衣服不到明天早晨不会干，再说现在也没有什么快车了，”我说。“干吗你不好好休息，在床上吃点晚饭呢？”

“我要量体温。”

在这以后，过了很长一段时间，茶房才拿来了一支体温表。

“难道你只能弄到这样一支吗？”我问道。茶房进来时，司各特原先闭着眼睛，那神情看起来至少像茶花女那样濒临死亡的样子。我从没见过一个人脸上的血色消失得这么快，我不知道血都跑到哪儿去了。

“全旅馆就只有这么一支，”茶房说着，把体温表递给我。那是一支量浴缸洗澡水的温度计，安在一块木板上，装有足够使温度计沉入浴水中的金属底座。我很快喝了一口兑过酸汁的威士忌，打开一会儿窗子看外面的雨。我转过身来时，司各特正盯着我看。

我像个专业医务工作者那样把温度计的水银柱甩下去，一面说，“你运气真好，这不是一支肛门表。”

“这一种该往哪儿搁？”

“搁在腋下，”我说，并把它夹在自己的腋下。

“别把上面指着的温度搞乱了，”司各特说。我把它又朝下猛甩了一下，便解开他睡衣上衣的纽扣，把这支表插在他的腋窝里，同时摸摸他的冷额角，然后又给他诊了脉。他眼睛直愣愣地望着前面。他的脉搏是七十二跳。我把温度计在他腋窝里放了四分钟。

“我以为人家是只放一分钟的，”司各特说。

“这是支大温度计，”我解释说，“你得乘上这温度计大小的平方。这是支摄氏表。”

最后我取出温度计，把它拿到台灯下。

“多少度？”

“三十七又十分之六度。”

“正常的体温是多少？”

“这就是正常的体温嘛。”

“你肯定吗？”

“当然。”

“你自己量量看。我一定要搞明确。”

我把温度计的度数甩下，解开自己的睡衣，把温度计放在腋下夹住，一面注视手表。然后我看温度计。

“多少度？”我仔细察看着。

“完全一样。”

“你感觉怎样？”

“好极了，”我说。我在回想三十七度六是否真的是正常。这没关系，因为这温度计始终稳定地停留在三十度上。

司各特还是有点怀疑，所以我问他要不要我来再给他量一次。

“不要了，”他说。“我们可以高兴了，事情这么快就解决了。我一向有极强的恢复能力。”

“你身体好了，”我说。“可我认为你还是不要起床，吃一顿清淡些的晚餐，然后我们明天一大早就动身。”我原打算给我们俩去买两件雨衣，不过为此我就得向他借钱，可现在我不想为这件事开始争论。

司各特不想留在床上。他要起来，穿好衣服下楼去给姗尔达打电话，这样她可以知道他平安无事。

“她为什么会认为你身体欠佳呢？”

“自从我们结婚以来，这还是第一夜我没有跟她睡在一起，所以我必须跟她谈谈。你能明白这对我们俩意味着什么，是不？”

我能明白，但是我不明白他跟姗尔达在刚刚过去的那一夜怎么能睡在一起；不过这是没有什么可以争论的。这时司各特把加酸汁的威士忌一口气喝了下去，要我再去要一杯。我找到那茶房，把温度计还给他，问他我们的衣服烤干了没有。他认为可能一小时左右就会干吧。“让服务人员把衣服熨烫一下，这样容易干些。即使不干透也不碍事。”

茶房送来两杯预防感冒的加酸汁的威士忌，我呷着我的那杯，劝司各特喝得慢一些。我担心他会得感冒，当时我明白了，要是他确实患上了糟糕的感冒，可能就必须住院了。但是那杯酒使他一时感觉十分惬意，对这次姗尔达和他结婚以来第一夜分居两处的灾难性的含意也不觉得不快了。最后他再也忍不住不给她打电话了，便穿上晨衣，下楼去拨通电话。

打电话要花一些时间，等他上楼来后不久，茶房又送来两杯加酸汁的双份威士忌。这是到那时为止我所见过的司各特喝得最多的一次，但是这几杯酒只使他生气勃勃，喜欢讲话，别无其他不良效果，于是他开始告诉我他和姗尔达共同生活的简略的经过。他告诉我怎样在大战期间第一次遇见她，接着失去她又重新把她赢了回来，谈到他们的结婚，接着谈到大约一年前在圣拉斐尔[①]发生的一段悲惨的事。他亲口告诉我这事的第一种说法是姗尔达跟一个法国海军飞行员爱上了，这确实是一则悲哀的故事，我相信这是一则真实的故事。后来他又告诉我这件事的另外几种说法，仿佛要考虑把这些说法写进小说中去，但是没有比第一种说法那样使人感到痛苦的，因此我始终相信第一种说法，尽管其中任何一种都可能是真实的。这事讲起来一次比一次更动人，但是都绝对不像第一种说法那样使你感到伤痛。

司各特口头表达能力很强，能把一个故事讲得娓娓动听。他不用把词儿拼写出来，也不必加标点符号，而你也没有那种像读一个没有受过教育的人的未经改正就寄给你的信的感觉。我认识了他两年之久，他才能拼写出我的姓名；但要拼写的是一个很长的姓名，而且或许变得越来越难拼写，因此我为他最后能准确地拼写出我的姓名而大加称赞。他学会了拼写一些更重要的词语，并竭力把更多的词语都想出个道理来。

可是今晚他要我知道、理解并欣赏在圣拉斐尔发生的到底是怎么回事，而我看得非常清楚，甚至能看到那架单座水上飞机低飞掠过那供跳水用的木筏进行骚扰，看到那海水的颜色和那水上飞机的两只浮筒的形状以及它们投下的影子，看到姗尔达晒黑的皮肤和司各特晒黑的皮肤，看到他们深色的金发和浅色的金发以及那个爱上了姗尔达的小伙子的晒得黑黑的脸。我脑子里有个疑问，但是无法启齿：如果这件事是真实的而且全都发生了，那么司各特又怎么能每夜都跟姗尔达睡在同一张床上呢？但是也许这正是使得这件事比那时任何人告诉过我的故事都更悲哀，而且，也可能他记不起了，

① 圣拉斐尔为位于戛纳西南的濒地中海的一个小城。

就像记不起昨天晚上发生的事一样。

电话尚未接通，我们的衣服就送来了。于是我们穿着好了，下楼去吃晚餐。这时司各特显得走路有点儿不稳了，他带着点儿好战的目光从眼角斜视着人们。我们叫了非常鲜美的蜗牛，先喝一瓶长颈大肚的弗勒利干红葡萄酒，等我们把蜗牛吃了差不多一半，司各特的电话接通了。他去了大约一个钟头，最后我把他剩下的蜗牛也吃了，用碎面包把黄油、蒜泥和欧芹酱全蘸来吃了，还喝光了那长颈大肚瓶的酒。等他回来了，我说我会再给他叫一些蜗牛来，他却说不想吃了。他想来些普通的东西。他不想要牛排，不想要牛肝或熏猪肉，也不想要煎蛋饼。他想吃鸡。我们中午已经吃过十分出色的冷鸡，但这里仍然是以美味的鸡飨客的地区，所以我们要了布雷斯[①]式烤小母鸡和一瓶蒙塔尼酒，那是这一带地方出产的一种清淡可口的白葡萄酒。司各特吃得极少，只慢慢呷着一杯葡萄酒。他两只手捧着头在桌边昏了过去。这动作很自然，没有一点演戏的样子，甚至看起来似乎他很小心，没有泼翻或者打碎什么东西。侍者和我扶他到他的房间，把他安放在床上，我脱下他的衣服，只剩下内衣，把衣服挂好，然后揭下床罩，盖在他的身上。我打开窗子，看到外面天已放晴，便让窗子开着。

我回到楼下，吃完晚餐，想着司各特。显然他不该再喝什么酒了，是我没有好好照料他。不论他喝什么，似乎对他都太刺激，接着便使他中毒，因此我打算下一天把酒类都减少到最低限度。我会跟他说我们这就要回巴黎了，我得节制一下以便从事写作。其实并非如此。我平时的节制办法是饭后决不喝酒，写作前不喝，写作时

① 布雷斯（Bresse）为法国东部一古地区名，位于里昂东面，以家禽菜肴著称。

也不喝。我跑上楼去把所有的窗子都敞开，接着脱掉衣服，几乎一上床便呼呼入睡了。

第二天是个明媚的日子，我们穿过科多尔省[①]驶向巴黎，雨后初晴，空气清新，山峦、田野和葡萄园都焕然一新，司各特精神振奋，非常快活，而且显得很健康，他给我讲迈克尔·阿伦[②]每部作品的情节，他说迈克尔·阿伦是一位你必须注意而且你我都能从他那儿学到许多东西的作家。我说我没法读他的书。他说不必非读不可。他会给我讲书里的情节并且把其中的人物描述给我听。他给我讲了一通迈克尔·阿伦，好像在宣读一篇博士论文。

我问他在他跟姗尔达通话的时候，电话是否畅通，他说通话情况还不错，他们谈了很多事情。就餐的时候，我尽我所能选了一瓶最清淡的葡萄酒，并且对司各特说如果他不叫我再添酒，那他就帮了我一个大忙，因为在写作之前我必须节制，不论在任何情况下喝酒不得超过半瓶。他跟我配合得好极了，看到我不安地望着那唯一的一瓶酒快喝光时，便把他那一份倒了一点给我。

我把他送到了家，随即乘出租车回到我在锯木厂的家里，见到我的妻子真是欣喜万分，我们就上丁香园咖啡馆去喝酒。我们像两个孩子分开了又相聚在一起那样快乐，我告诉她这次旅行的情况。

“难道你就没有碰到什么有趣的事或者了解到什么情况吗，塔迪？”她问道。

“我会了解到一些关于迈克尔·阿伦的情况，如果我当时好好听的话，我还了解到一些情况，但还没有理出个头绪来。”

“难道司各特一点也不快活吗？”

---

① 科多尔省位于巴黎的东南，属勃艮第地区，盛产葡萄酒，首府为第戎。

② 迈克尔·阿伦（Michael Arlen，1895—1956）为英国小说家，其作品以情节引人入胜著称，代表作为《绿帽》（1924）。

“也许吧。”

“可怜的人。”

“我懂得了一件事情。”

“那是什么？”

“决不要同你并不爱的人一起出门旅行。”

“这敢情好。”

“是的。那我们去西班牙吧。”

“好啊。现在离我们动身不到六个星期了。今年我们可不能让人把它给破坏了，是吧？”

“不能。去了潘普洛纳以后，我们要去马德里，然后去巴伦西亚。”

“嗨—嗨—嗨—嗨，”她轻柔地应着，像一只猫似的。

“可怜的司各特，”我说。

“可怜的芸芸众生，”哈德莉说。“这些个长了一身丛毛的猫儿却一文不名。”

“我们非常幸运。”

“我们必须好好儿地保持这份幸运。”

我们俩都轻轻敲了敲咖啡馆桌子的木边，侍者跑过来问我们要点什么。但是我们所需要的，不是他也不是任何别的人或者敲敲桌子的木边或大理石桌面（这家咖啡馆的桌面正是大理石的）所能带给我们的。不过那天晚上我们不知道这一点，我们只是感到非常快活。

这次旅行后过了一两天，司各特给我送来了他那部小说。外面套着一张花哨的护封，我记得那咄咄逼人、俗气不堪和滑溜溜的外观曾使我感到别扭。它看起来像一本蹩脚的科幻小说的护封。司各特叫我别对这护封反感，它跟长岛一条公路边的一块广告牌有关，而这在小说故事中极为重要。他说他原来很喜欢这个护封，现在可不喜欢了。我取下了护封才读这本书。

我读完了这本书，明白不论司各特干什么，也不论他的行为表现如何，我应该知道那就像是生的一场病，我必须尽量对他有所帮助，尽量做个好朋友。他有许多很亲密、很亲密的朋友，比我认识的任何人都多。但是不管我是否能对他有所裨益，我愿意加入其中，作为他的又一个朋友。既然他能写出一部像《了不起的盖茨比》这样卓越的书，我坚信他准能写出一部甚至更优秀的书来。我那时还不认识姗尔达，所以还不知道那些对他不利的可怕的条件。但是我们用不了多久就弄明白了。

加尼耶歌剧院

鹰不与他人共享

司各特·菲茨杰拉德邀请我们去他在蒂尔西特路 14 号租的那套带家具的公寓跟他的妻子姗尔达和小女儿一起午餐。那个套间是什么样子我记不大清楚了，只记得房间阴暗而且不通风，除了司各特那几部用浅蓝色皮面装订、书名烫金的早期作品以外，似乎再没有什么属于他们的东西了。司各特还给我们看一大本分类账簿，上面年复一年地列出他发表的全部短篇小说以及由此所得的稿费，还列出了所有出售版权拍成电影的所得，以及他那些单行本的销售所得和版税数额。这些都仔细地记了下来，像轮船上的航海日志那样，而司各特带着一种并非出自个人感情的自豪把这些展示给我们两人看，仿佛他是一所博物馆的馆长。司各特情绪紧张但好客，把他的收入的账目给我们看，拿它们当作风景似的。然而那里望不见风景。

姗尔达当时宿醒未消，情况很糟。头天夜里他们去蒙马特尔参加晚会，并且吵过嘴，因为司各特不想喝醉。他告诉我，他决定要努力写作，不喝酒了，可是姗尔达却把他当作一个煞风景或扫人家兴的人。这是她用来说他的两个词儿，他会反唇相讥，姗尔达就会说，“我没有。我从来没有这样说过。这是不确凿的，司各特。”事后她似乎想起了什么，便会哈哈大笑。

这一天姗尔达看来并不处于她的最佳状态。她那头美丽的偏深的金发这一时被她在里昂做的糟糕的电烫破坏了，那时大雨迫使他们不得不把汽车留在那里，而她的眼睛此时显得疲惫，脸蛋绷得紧紧的、拉得长长的。

菲茨杰拉德夫妇

她对哈德莉和我表面上很和蔼可亲，但是显得心不在焉，她的大部分身心似乎还在她那天早晨才离开的那个晚会上。她和司各特似乎都以为司各特和我从里昂回巴黎的这趟旅行玩得非常愉快，而她为此感到妒忌。

“你们两个能跑出去一起过这样快活至极的生活，那我就该在这儿巴黎跟我们几个要好朋友找一点儿乐子，这似乎是天公地道的吧，”她对司各特说。

司各特是个无瑕可击的主人，但我们吃的午饭却糟透了，喝的葡萄酒总算使人提起了一点儿兴致但是也不怎么样。那个小女孩金发碧眼，脸蛋浑圆，体态匀称，看上去十分健康，说的英语带有浓重的伦敦土腔。司各特解释说，她有一个英国保姆，因为他希望她长大了能像黛安娜·曼纳斯夫人[①]那样说话。

姗尔达有一双鹰一样的眼睛，嘴唇薄薄的，举止和口音带着南方腹地的色彩。你注视她的脸，能看出她的心思离开餐桌而去到那夜的晚会，接着又像一只猫似的眼神茫然从宴会回来，随后高兴起来，那欢快的神情会沿着她嘴唇的细细的纹路展现出来，然后消失。司各特此时正当着友好而愉快的主人，而姗尔达凝视着他，看到他喝酒，便用她的眼睛和她的嘴巴微笑起来。我深深懂得这种微笑。这意味着她知道司各特这样就不能握笔写作了。

姗尔达妒忌司各特的作品，随着我们跟他们熟识，我们看出，这种情况形成了一种经常不变的模式。司各特会决心不去参加那些通宵达旦的酒会，每天作些体育锻炼，有规律地写作。他会动笔写作，可是只要他写得很顺利，姗尔达就会开始抱怨多么无聊，又拉他去参加一个闹酒的聚会。他们会吵嘴，然后又和好，而他会跟我一起长途散步，出一身汗使酒性发散，并且下定决心说这回他可要真正的干一场了，而且准会有个好的开端。然而，接着一切又会重新来过。

司各特非常爱恋姗尔达，他非常妒忌她。在我们俩散步的时候，他好多次告诉我她是怎样爱上那个法国海军飞行员的。但她此后没有再爱上另一个男人来使他真正感到妒忌。今年春天，她交上一些别的女人，使他感到妒忌，在蒙马特尔的那些酒会上，他怕自己喝得昏迷过去，也怕她喝得昏迷过去。他们喝酒一向把喝得人事

---

① 黛安娜·曼纳斯（Diana Manners，1892—1986）美国女演员，拉特兰公爵七世的孙女，英国政治家和外交官阿尔弗雷德·特夫·古柏的夫人；曾在奥地利导演马克斯·赖恩哈特（1873—1943）在美国上演的《奇迹》中扮演圣母一角。

不省当作保护自己的最好的防卫手段。他们喝了一点烈酒或者香槟就会睡去，其实这对于一个习惯喝酒的人是不会有什么影响的，可他们就会像孩子一样睡着了。我曾见过他们失去知觉，好像并不是喝醉了，而是上了麻醉似的，于是他们的朋友们，或者有时是一个出租汽车司机，会把他们扶到床上去，等他们醒来时，他们会显得容光焕发而兴高采烈，因为在失去知觉前并没有喝下足以损害他们身体的烈酒。

如今他们已丧失了这种天然的防卫手段。这时姗尔达的酒量比司各特大，因此司各特生怕她会在他们这年春天结识的朋友们面前和他们所去的地方昏倒。司各特不喜欢那些地方，也不喜欢那些人，可他得喝下比他所能喝的更多的酒，还得多少控制住自己，容忍那些人和那些地方，接着又不得不继续喝下去，在往常会昏倒之前保持清醒。最后他根本没有多少间歇写作了。

他总是试图写作。每一天他都试图动笔但都失败了。他把失败归咎于巴黎，这其实是组织得最适宜于一个作家在其中进行写作的地方，可是他总以为会有一个地方，在那里他跟姗尔达能重新在一起愉快地生活。他想到了里维埃拉[①]，当时那里还没有完全兴建，有的是可爱的连绵的蓝海和沙滩，一片片松林，还有埃斯特雷尔地区的山脉一直伸入大海。他记得里维埃拉就是这个样子，当时他和姗尔达第一次发现它时，还没有人在夏天去那里避暑呢。

司各特同我谈起里维埃拉，说我的妻子和我在下一个夏天该上那里去，说我们怎样去到那里，他会给我们找个价钱不贵的住处，我们俩就能每天努力写作，游泳，躺在沙滩上，把身子晒黑，午餐

---

① 里维埃拉（Riviera）为法国东南部和意大利西北部沿地中海的那一带海岸，气候温和，风景优美，多旅游胜地。

之前只喝一杯开胃酒，晚餐之前也只喝一杯。姗尔达会在那里感到快活，他说。她喜爱游水，是个出色的潜泳者，她对那种生活感到快活，因此会要他进行写作，而一切都会安排得有条不紊。他和姗尔达和他们的女儿那年夏天就准备上那儿去。

我竭力劝他尽自己所能写好他的那些短篇小说，不要搞什么花招去迎合任何一种俗套，因为他向我解释过他这样干过。

“你已经写出了一部好小说，”我对他说。“你不该写糟粕。”

菲茨杰拉德夫妇

“那部小说销路不好，”他说。“我必须写短篇小说，而且必须是能畅销的短篇小说。”

“尽你的能力写出最好的短篇小说来，尽你的能力直截了当地写。”

“我准备这样写，”他说。

但是就事情发展的趋势而言，他能写出点东西来就算万幸了。姗尔达对那些追求她的人并不表示鼓励，她跟他们毫不相干，她说。可是这事使她觉得有趣，这就使司各特妒忌起来，就只得陪她一起去那些地方。这损害了他的写作，而她最妒忌的正是他的写作。

整个暮春和初夏司各特为写作而作着斗争，但是他只能断断续续地写一点。我每次见到他，他总是心情愉快，有时更是极端的愉快，他开着令人解颐的玩笑，是个很好的伙伴。在他日子非常不好过的时候，我听他谈到那些事情，竭力让他明白，正如他是为写作而生的，只要他自己能坚持不懈，就能写出作品来，而只有死亡才是无法挽回的。这时他就拿自己打趣，而只要他能这样做，我相信他会平安无事的。通过了这一切期待和努力，他写出了一篇优秀的短篇小说，《阔少爷》，我坚信他能写得比这更好，后来果然做到了。

那年夏天我们在西班牙，我动手写一部长篇小说的初稿，九月回到巴黎后完稿。司各特和姗尔达一直待在昂蒂布角①，那年秋天我在巴黎见到他时，他大大变了样。他在里维埃拉没有做到使自己清醒起来，而如今每天夜晚和白天都喝得醉醺醺的。对他来说，有没有人在写作已经不再有什么区别了，而且无论在白天或是夜晚，不管什么时候，只要他喝醉了，就会到乡村圣母院路 113 号②去。他开始以非常粗鲁的态度对待地位比他低的人或者任何他认为比他

① 昂蒂布角位于法国东南部地中海海岸大城市戛纳之东，为昂蒂布城南那个小半岛的南端。

② 就是埃兹拉 · 庞德的工作室所在地。

低的人。

有一次他带着他的小女儿从锯木厂的院门走进来——那天是那个英国保姆的休假日，司各特在照料这孩子——走到楼梯口，她说她要上洗澡间去。司各特动手给她脱衣服，那房东住在我们下面一层楼，这时走了进来，说："先生，在您前面楼梯的左边就有一个盥洗室。"

"着啊，如果你不多加小心，我会把你的脑袋也塞进马桶里去，"司各特对他说。

那年整个秋天他都显得非常难于相处，但是当他没有喝醉的时候，他开始写一部长篇小说。我难得看到他神志清醒，但只要他没有喝醉，他就总是那么和蔼可亲，还是喜欢开玩笑，有时候还是拿自己开玩笑。然而一旦喝醉了，他就常常会跑来找我，醉醺醺的，几乎跟姗尔达干扰他的工作时从中获得很大的乐趣一样，以干扰我的工作为乐。这种情况持续了好多年，但是同样有好多年，我没有比清醒时的司各特更忠诚的朋友。

1925年秋季，他因为我不愿把《太阳照常升起》第一稿的手稿给他看而着恼。我向他解释，我还没有把它通读一遍并进行修改以前，这初稿算不上什么，再说我不想跟任何人讨论这部初稿，也不想事先给任何人看。只等奥地利福拉尔贝格州的施伦斯一下雪，我们便上那儿去。

我是在那儿修改原稿的前半部，而在翌年一月完稿的，我记得。我把稿子带到纽约，给斯克里布纳出版公司的马克斯韦尔·珀金斯过了目，然后回到施伦斯完成全书的修改。司各特直到四月底全部经过修改和删削的原稿送往斯克里布纳出版公司后才见到这部小说。我记得曾以此与司各特开过玩笑，而他像每干成一件事后那样总要心烦并且急于插手帮助。但我在修改期间不想要他的帮助。

当我们待在福拉尔贝格州、我正快完成修改这部长篇小说时，司各特和他的妻子、孩子离开了巴黎前往下比利牛斯山的一个矿泉疗养地。姗尔达病了，因为喝了过多的香槟而引起常见的肠道不适，当时被诊断为结肠炎。司各特没有喝酒，开始写作了，他要我们在六月份去朱安莱潘[①]。他们会给我们找一座租金不贵的别墅，这一回他不会酗酒了，而会像往昔的好日子里那样，我们可以一起游泳，保持身体健康，皮肤晒得黑黑的，午餐前喝一杯开胃酒，晚餐前也喝一杯。姗尔达身体复元了，他们俩都很好，他那部小说进行得顺利极了。《了不起的盖茨比》改编成话剧上演，卖座不错，他由此拿到了一笔钱，还会卖给电影制片厂，所以他无忧无虑。姗尔达确实好了，一切都将井然有序。

我在五月里独自一人南下去了马德里进行写作，后来从巴荣纳[②]乘三等车去朱安莱潘，当时饿得慌，因为愚蠢地把钱都花光了，最后一顿还是在法兰西和西班牙国境线上的昂代[③]吃的。那是一所很优美的别墅，司各特则在距离不远的地方租了一所非常出色的房子，我看到我的妻子把别墅收拾得很漂亮，心里很快活，还有我们的那些朋友、午餐前的那一杯开胃酒也好极了，我们有时多喝几杯。那天晚上在娱乐场专为欢迎我们举行了一次宴会，只是个小型的宴会，有麦克利什[④]夫妇、墨菲[⑤]夫妇、菲茨杰拉德夫妇以及住

---

① 朱安莱潘位于昂蒂布角的小半岛上。

② 巴荣纳（Bayonne）为法国西南端近西班牙的一个濒比斯开湾的城市。

③ 昂代（Hendaye）在巴荣纳西南。

④ 麦克利什（Archibald MacLeish，1892—1982），美国诗人，1923 年至 1928 年在巴黎，与侨居巴黎的美国作家们交游，早期诗风与艾略特和庞德相近。后来曾任国会图书馆长及助理国务卿。

⑤ 杰拉尔德·墨菲（Gerald Murphy，1888—1964）和妻子萨拉在二十年代中在巴黎过着豪华的生活，1925 年 10 月由菲茨杰拉德介绍给海明威，第二年同去施伦斯滑雪，去潘普洛纳看斗牛。他们在昂蒂布角有别墅，和海明威夫妇过往甚密。

在别墅的我们。没有人喝比香槟更烈的酒，气氛非常欢快，这里显然是个适宜写作的好地方。一个人进行写作所需要的一切全都有了，只是缺少一个人待着的机会。

姗尔达非常美，晒了一身很好看的金黄色，她的头发是一种很美的深金色，而且她待人非常友好。她的鹰般的眼睛清澈而平静。我知道她一切都好而且结果会十分良好，但是她向我俯过身来，告诉我她的最大的秘密："欧内斯特，你不认为埃尔·乔生[①]比基督还伟大吗？"

当时谁也没有拿这当一回事。这不过是姗尔达与我分享的秘密而已，就像一只鹰会与人分享什么东西那样。但鹰是不与人共享的。司各特在发觉姗尔达精神错乱之前没有再写出什么好的作品来。

---

① 埃尔·乔生（Al Jolson，1886—1950），俄裔美国歌星，在百老汇主演过许多部音乐剧，常扮成黑人上台，热情奔放地演唱感人的温馨歌曲，受到热烈欢迎。1927年主演第一部有声片《爵士歌王》，红极一时。此处海明威暗示姗尔达这样问显得不大正常。她后来终于精神错乱。

一个尺寸大小的问题

此后很久，在姗尔达发生当时称之为第一次精神崩溃以后的那段时间里，我们碰巧同时都在巴黎，司各特就约我在雅各布路和教皇路拐角的米肖餐厅和他一起共进午餐。他说有些很重要的事要向我请教，而此事的重要意义对他来说超过了世界上任何事情，因此我必须绝对真实地回答。我说我将尽力而为。每当他要我绝对真实地告诉他什么事的时候，这事总是很棘手的，我便试着给他解释，但是我说的话都会使他生气，这种情况往往不是在我说的时候，而是在事后，有时候是隔了很长时间，在他苦苦思考之后。我的话就会变成一种必须加以摧毁的东西，并且有时该连同我一起加以摧毁，如果可能的话。

他在午饭时喝了葡萄酒，但这并不影响他，而且他没有打算先喝了酒才吃饭。我们谈论我们的创作，谈起一些人，他还问我那些我们最近没有见到的人的情况。我知道他正在写一部很精彩的作品，并且知道由于种种原因他遇到了极大的困难，但这并不是他想要谈论的问题。我一直在等待他启口，提出那个我必须绝对真实地回答他的问题；但是他不愿在这顿午餐结束前把问题提出来，仿佛我们在举行一次工作午餐似的。

最后在我们吃着樱桃小馅饼、喝着最后一瓶葡萄酒时，他说："你知道，除了跟姗尔达以外，我从没跟任何女人睡过。"

"不，我不知道。"

"我以为曾告诉过你。"

菲茨杰拉德一家坐在被姗尔达拆去顶篷的雷诺车上

“没有。你告诉过我很多事情，可就是没有讲过这个。”

“这正是我得向你请教的问题。”

“行。讲下去吧。”

“姗尔达说像我生来这样的人决不能博得任何一个女人的欢心，说这就是使她心烦的根源。她说这是一个尺寸大小的问题。自从她说了这话，我的感觉就截然不同了，所以我必须知道真实情况。”

“上办公室去谈吧，”我说。

“办公室在哪儿？”

“盥洗室[①]，”我说。

我们回到餐室，在桌边坐下。

“你完全正常，”我说。“你没有问题。你没有一点儿毛病。你从上面往下看自己，就显得缩短了。到卢浮宫去看看那些人体雕像，然后回家在镜子里瞧瞧自己的侧影吧。”

“那些雕像可能并不准确。”

“雕得相当好。大多数人会对此感到满足的。”

“可是为什么她会谈起这个呢？”

“为了使你干不下去。这是世界上使人干不下去的最古老的办法。司各特，你要我对你讲真话，我还能告诉你一大堆，可这就是你需要的绝对的真话。你本该去找一位医生看看的。”

“我不想去。我只要你把真话告诉我。”

“那你现在相信我吗？”

“我不知道，”他说。

“走，上卢浮宫去，”我说。“沿这条街走去过河就是。”

我们过河去了卢浮宫，他注意察看那些雕像，可是依然对自己持怀疑态度。

“这基本上不是一个处于静止状态的尺寸问题，”我说。“这是一个能变成多大的问题。也是一个角度问题。”我向他解释，谈到垫一只枕头和一些别的东西，也许知道了会对他有用。

“有一个小姑娘，”他说，“她一直对我很好。可是在姗尔达说了那些话以后——”

---

① 既然姗尔达说是尺寸大小问题，海明威就只好带司各特去厕所，验明“正身”，然后予以释疑。

菲茨杰拉德一家

“忘了姗尔达说过的话吧，”我对他说。“姗尔达疯了。你一点毛病也没有。只要有信心，干那位姑娘要你干的事吧。姗尔达只是想把你毁了。”

“你对姗尔达一无所知。”

“好吧，”我说。“我们就到此为止。可你上这儿来吃午饭为的是问我一个问题，而我已经尽可能给你诚实的答复了。”

但是他仍旧将信将疑。

“我们去观赏一些名画好吗？”我问道。“你在这儿除了蒙娜·丽莎还看过什么？”

“我没心思看画，”他说。“我约好了要在里茨饭店的酒吧跟一些人碰头。”

多年以后，第二次世界大战结束以后很久，乔治，当司各特住在巴黎时还是里茨饭店酒吧的一名 chasseur[①]，如今已是酒吧的领班了，问我：“爸爸[②]，人人都向我打听的菲茨杰拉德先生是什么人呀？”

“你当时不认识他？”

“不。那时上这儿来的人我全都记得。可是现在他们只向我打听他。”

“你跟他们说什么呢？”

“凡是他们想听的有趣事儿。能叫他们高兴的事儿。可是告诉我，他是谁呀？”

“他是二十年代初的一位美国作家，后来在巴黎和外国待过一段时间。”

“可我怎么就记不起他来？他是个好作家吗？”

“他写了两本非常出色的书，还有一本没有写完[③]，据那些最了解他的作品的人说该是一部非常精彩的作品。他还写过一些很好

① chasseur，法语，意为旅馆中跑腿的穿制服的小郎。

② 爸爸是海明威众多的绰号之一。

③ 菲茨杰拉德已于1940年去世，终年仅44岁。这部未完成的小说《最后一位影业巨子》以好莱坞为背景，于1941年出版，1976年被搬上银幕，由罗伯特·德尼罗等好几位大明星主演。

的短篇小说。”

“他常来这酒吧吗？”

“我想是这样的。”

“可你在二十年代初没有上这酒吧来。我知道那时你很穷，住在另一个地区。”

“我有钱的时候，常去克利永饭店。”

“这我也知道。我记得很清楚我们第一次见面的情况。”

“我也是。”

“真奇怪我竟然记不起他了，”乔治说。

“那些人都死啦。”

“可还是有人忘不了那些死去的人，人们还是不断向我问起他。你一定得告诉我一些关于他的事，让我写回忆录时用。”

“我会告诉你的。”

“我记得你跟冯·布利克森男爵有天晚上上这儿来——那是在哪一年？”他微笑着问。

“他也死啦。”

“是啊。可是人们没有忘记他。你明白我的意思吗？”

“他的第一个妻子①文章写得可真漂亮，”我说。“她写了一本可说是我读过的最优秀的关于非洲的书。那是说除了塞缪尔·贝克勋爵的那本写阿比西尼亚境内那些尼罗河支流的书之外。把这些写

---

① 冯·布利克森男爵（Bror von Blixen，1886—1946）为丹麦贵族，1914 年和卡伦·迪内森结婚，她后来在当时的英属肯尼亚开办咖啡种植农场，因经营失败，于 1931 年回国，开始写作，1934 年以伊萨克·迪内森（Isak Dinesen，1885—1962）为笔名，发表英文版《哥特式故事七则》而成名。《走出非洲》是于 1937 年发表的关于非洲见闻的散文集。海明威和这对夫妇有私交，很赞赏她的叙事艺术，1954 年底得诺贝尔文学奖后，曾向人讲伊萨克·迪内森也完全有资格得奖。男爵美丰姿，生活不加检点，和她离了婚，后死于车祸。

进你的回忆录吧。既然你现在对作家感兴趣。”

“行啊，”乔治说。“那男爵可不是一个你会忘掉的人。那本书叫什么名字？”

“《走出非洲》，”我说。“布利基[1]始终为他的第一个妻子的作品感到十分骄傲。不过在她写出那部书以前好久我们就相识了。”

“可是人们不断向我打听的那位菲茨杰拉德先生呢？”

“他是在弗兰克当领班时来的。”

“是啊。那时我还是名 chasseur。你知道 chasseur 是干什么的。”

“我准备在我想写的一本关于在巴黎早年生活的书里写一些有关他的事。我指望我会把它写出来。”

“好啊，”乔治说。

“我会把我记得的第一次结识他的情景分毫不差地写进书去。”

“好啊，”乔治说。“这一来，要是他来过这里，我会记起他的。毕竟你不会忘记见过的人的。”

“那些旅游者吗？”

“自然啰。可是你说他当初常来这儿？”

“对他来说意义重大。”

“你就照你记忆所及写他，这样要是他上这儿来过我会记起他的。”

“我们走着瞧吧，”我说。

---

① 冯·布利克森姓氏的简称。

酒店门外

巴黎永远没有个完

等我们成了三个人而不是只有两个人①，正是那寒冷恶劣的天气在冬季终于促使我们从巴黎搬了出去。你单身一人，只要习惯了就没有问题。我总是可以去一家咖啡馆写作，可以放一杯奶油咖啡在面前，写它一个上午，这时候侍者们正在清扫咖啡馆，而咖啡馆里渐渐暖和起来。我的妻子可以出去教钢琴，那地方虽然冷，穿上足够的羊毛衫保暖，就能弹琴了，然后回家给邦比喂奶。然而冬天带婴儿上咖啡馆是不行的，尽管那是一个从不哭泣、看着周围发生的一切从不感到腻味的婴儿。那时还没有临时给人照看婴孩的人，邦比在他那有高栏杆的床上跟他那可爱的名叫“F猫咪”的大猫快活地待在一起。有人说让猫跟婴儿待在一起很危险。那些最最愚蠢、怀有偏见的人说猫会吸掉婴儿的气息然后把他害死。还有人说猫会躺在婴儿的身上，把婴儿压得闷死。每逢我们外出以及那钟点女佣玛丽有事离开时，F猫咪会在这有高栏杆的床上躺在邦比的身旁，用它那双黄色的大眼睛注意望着房门，不让任何人挨近他。没有必要找个临时照看婴儿的人，F猫咪就是。

但是当你穷困的时候，而且等我们从加拿大回来放弃了所有的新闻工作，短篇小说也一篇都卖不出去，我们可真是穷极了，而在巴黎的冬天带一个婴儿真是太艰苦了。才三个月时，邦比先生乘肯纳德轮船公司②一条小轮船横渡北大西洋从纽约经哈利法克斯航行十二天于一月份来到这里。旅途中他从没哭一声，逢到有风暴的天气，他被挡板围在一张铺上免得滚落下来，这时他会快活地笑起

约翰·多斯·帕索斯

来。但是我们的巴黎对他来说真是太冷了。

我们去了奥地利福拉尔贝格州的施伦斯。穿过了瑞士，我们到达奥地利边境的菲德科尔契。火车穿过列支敦士登[3]，在布卢登茨停下，那里有一条小支线沿着一条有卵石河床和鳟鱼的河蜿蜒穿过一道有农庄和森林的山谷到达施伦斯，那是一座向阳的集市城镇，

---

① 指他和妻子哈德莉于 1923 年生下儿子约翰（乳名邦比），“成了三个人”。

② 该公司由英国人塞缪尔·肯纳德（Samuel Cunard，1787—1865）于 1839 年与人合伙创办，开辟最早的横渡大西洋的定期航线。

③ 位于奥地利与瑞士之间的一个小公国。

有锯木厂、商店、小客栈和一家很好的一年四季营业的名叫“陶布”[①]的旅馆，我们就住在那里。

陶布旅馆的房间大而舒适，有大火炉、大窗户和铺着上好的毯子和鸭绒床罩的大床。饭菜简单但是非常出色，餐厅和用厚木板铺地的酒吧间内火炉生得旺旺的，予人以友好之感。山谷宽阔而开敞，因此阳光充足。我们三个人的膳宿费每天大约两美元，随着奥地利先令由于通货膨胀而贬值，我们的房租和伙食费不断地在减少。但是这里不像在德国那样有致命的通货膨胀和贫困现象。奥地利先令时涨时落，但就其长期趋势而言则是下跌的。

海明威与第二任妻子波琳，正是他与后者的私情最终导致第一段婚姻结束

① 德语，意为鸽子。

施伦斯没有送滑雪者登上山坡的上山吊椅，也没有登山缆车，但是有运送原木的小路和放牛的羊肠小道，通向不同的山坡，到达高峻的山地。你带着你的滑雪板徒步向上高高攀登，那里积雪太厚，你得在滑雪板底上包上海豹皮然后往上爬。在那些山谷的顶上有些为夏季的登山者兴建的阿尔卑斯山俱乐部的大木屋，你可以在那里住宿，用了多少木柴留下多少钱就行。在有些木屋里，你得运上你自己要用的木柴，或者，如果你准备在崇山峻岭和冰川地区作长途旅行，你可以雇人给你驮运木柴和给养，并建立一个基地。这些高山基地木屋中最著名的是林道屋、马德莱恩屋和威斯巴登屋。

陶布旅馆后面有一道供练习滑雪用的山坡，从那里你穿过果园和田野下滑，而山谷对面查根斯后面还有一道很好的山坡，那边有一家漂亮的小客栈，它的酒屋墙上安着一批上好的羚羊角。正是从位于山谷最远的一边那以伐木为业的村子查根斯的南面，你可以畅快地一路向上攀登，直到最后穿过群山，翻过西尔维雷塔山脉[①]，进入克洛斯特斯城一带。

施伦斯对邦比来说是一个有益健康的地方，有一个头发深黑的美丽姑娘带他坐上他的雪橇，带他出去晒太阳，并且照料他，哈德莉和我则要熟悉这整整一片陌生的地区和好些陌生的村子，而镇上的人们非常友好。瓦尔特·伦特先生是高山滑雪的一位先驱者，一度曾是那了不起的阿尔伯格滑雪家汉纳斯·施奈德[②]的合作者，他制造滑雪板用的蜡，供攀登并在种种积雪的情况下使用，这时正开办一所训练高山滑雪的学校，我们俩都报名参加了。瓦尔特·伦特

---

① 西尔维雷塔山脉位于查根斯南奥地利和瑞士东部的国境线上，克洛斯特斯在瑞士东部。

② 汉纳斯·施奈德（Hannes Schneider，1890—1955）为奥地利滑雪教练，在施伦斯东北的阿尔伯格山隘地区推广他的阿尔伯格滑雪技术。

的教学法是尽快地让他的学生们离开那道练习用的斜坡，到高山地区去滑雪旅行。那时的滑雪和现在的不一样，回旋滑行造成的骨折那时还没有变得这样习见，而且谁也承受不起一条断裂的腿。那时也没有滑雪巡逻队。你从哪儿滑下去，你就得从哪儿爬上来。这样能使你的两条腿锻炼得适宜于往下滑。

瓦尔特 · 伦特认为滑雪的乐趣在于向上攀登进入最高的山地，那里除了你以外没有别人，那里的积雪还从未留下人的足迹，然后从阿尔卑斯山上的一个高山俱乐部的木屋，翻过阿尔卑斯山的那些山巅隘口和冰川滑行到另一个木屋。你的滑雪板绝不能系得太紧，免得摔倒时会弄断你的腿。在滑雪板弄断你的腿之前，就得让它自动掉下。他真心喜爱的是身上不系绳索的冰川滑雪，但是我们得等到来年春天才能这样干，那时冰川上的裂缝已相当严密地被覆盖了。

哈德莉和我从我们第一次在瑞士一起尝试滑雪以来就爱上了这项运动，后来在多洛米蒂山区①的科蒂纳 · 丹佩佐，当时邦比快要生了，但米兰的医生准许她继续滑雪，只是要我保证不让她摔倒。这就必须极其小心地选择地形和滑行道，并绝对控制好滑行，但是她长着双美丽的、非常强劲的腿，能很好地操纵她的滑雪板，因此没有摔跤。我们都熟悉不同的雪地条件，每个人都懂得怎样在干粉一般的厚雪中滑行。

我们喜爱福拉尔贝格州，我们也喜爱施伦斯。在感恩节前后我们将到那儿去，直待到将近复活节。在施伦斯总是可滑雪，即便对于一个滑雪胜地来说地势不够高，除非碰到一个下大雪的冬天。但

---

① 多洛米蒂山脉（the Dolomites）为意大利北部阿尔卑斯山脉的东段，冬季运动中心。科蒂纳 · 丹佩佐位于其南麓。

登山是一种乐趣，在那些日子谁都不会介意。只要你确定一种大大低于你能攀登的速度的步子，登山并不难，你的心胸感觉舒畅，你还为你背负的登山背包的重量不轻而感到自豪。登上马德莱恩屋的山坡有一段路很陡，非常艰苦。但是你第二次攀登时就比较容易了，最后你背上双倍于你最初所背的重量也轻松自如了。

我们总是感到很饿，每次进餐都是一件大事。我们喝淡啤或黑啤、新酿的葡萄酒，有时是已存了一年的葡萄酒。那几种白葡萄酒是其中最佳的。其他酒类则有当地那个河谷酿制的樱桃白兰地和用山龙胆根蒸馏而成的烈酒。有时我们晚餐吃的是加上一种醇厚的红葡萄酒沙司的瓦罐焖野兔肉，有时则是加上栗子沙司的鹿肉。与此同时，我们吃这些时常喝红葡萄酒，即使它比白葡萄酒贵，而最好的要二十美分一升。一般的红酒要便宜得多，因此我们把小桶装的带到马德莱恩屋去。

我们有一批西尔维亚·比奇让我们带着供冬天阅读的书籍，我们还可以跟镇上的人在直通旅馆的夏季花园的场地上玩地滚球。每星期有一两次，人们在旅馆餐厅里打扑克，这时餐厅门窗紧闭。当时奥地利禁止赌博，我跟旅馆主人内尔斯先生、阿尔卑斯山滑雪学校的伦特先生、镇上的一位银行家、检察官和警官一起玩。这是一种很紧张的赌博，他们都是打扑克的好手，除了伦特先生打得太野以外，因为滑雪学校根本赚不到钱。那警官一听到那两名警察巡逻中在门外停下时就把一个手指举到耳边，我们就都不作声，直到他们向前走去。

天一亮，女佣便在清晨的寒气中走进房来关上窗子，在大瓷火炉里生起火来。于是房间里暖和了，而早餐有新鲜面包或者烤面包片，配上美味可口的蜜饯和大碗咖啡，如果你要的话，还有新鲜鸡蛋和出色的火腿。这里有条狗名叫施瑙茨，它睡在床脚边，喜欢陪人去滑雪，我向山下滑去时爱骑在我背上或伏在我的肩膀上。它也是邦比先生的朋友，常陪他和他的保姆外出散步，跟在小雪橇旁边。

施伦斯是一个写作的好地方。我知道这一点，因为在 1925 年和 1926 年冬天我在那里进行了我所做过的最困难的修改工作，当时我必须把我在六个星期内一口气写成的《太阳照常升起》的初稿修改成一部长篇小说。我记不得我在那里写了哪些短篇小说了。尽管有几篇写出后反应不错。

我记得当我们肩上背着滑雪板和滑雪杆、冒着寒冷走回家去的时候，通往村子的路上的积雪在夜色中咯吱咯吱地作响，我们注意察看远处的灯火，最后看到了房屋，而路上每个人都对我们说，“你们好。”那小酒店里总是挤满了村民，他们穿着鞋底钉着钉子的长统靴和山区的服装，空气里烟雾缭绕，木头地板上钉子的印痕斑斑。许多年轻人在奥地利阿尔卑斯团队中服过役，有一个叫汉斯的，在锯木厂工作，是一个著名的猎人，我们成了好朋友，因为曾在意大利同一个山区待过。我们一起喝酒，大家都唱着山区的歌谣。

我记得那些羊肠小径，穿过村子上方那些山坡上的农庄的果园和农田，记得那些温暖的农舍，屋子里有大火炉，雪地里有大堆的木柴。妇女们在厨房里梳理羊毛，纺成灰色和黑色的毛线。纺纱机的轮子由脚踏板驱动，毛线不用染色。黑色毛线从黑绵羊身上的羊毛取来。羊毛是天然的，毛中含的油脂没有去掉，因此哈德莉用这种毛线编结成的便帽、毛线衫和长围巾沾了雪也不会湿。

有一年圣诞节上演了汉斯·萨克斯[①]创作的一出戏，是那位学

---

① 汉斯·萨克斯（Hans Sachs，1494—1576），德意志诗人、作曲家。创作的六千首诗中有两百部诗剧，其中的许多喜剧专供忏悔节狂欢活动中演出，受到大众欢迎。

校校长导演的。那是一出很好的戏，我给地区的报纸写了一篇剧评，由旅馆主人译成德文。另外有一年，来了一位剃着光头、脸有伤疤的德国前海军军官，作了一次关于日德兰半岛战役[①]的演讲。幻灯片显示双方舰队的调遣行动，那海军军官用一根台球杆做教鞭，指出杰利科[②]的怯懦表现，有时他忿怒得嗓音都嘶哑了。那校长生怕他会用台球杆把屏幕都刺穿。演讲结束后，这位前海军军官仍旧不能使自己冷静下来，因此小酒店里人人都感到不安。只有检察官和那位银行家陪他一起喝酒，他们坐在一张单独的桌子边。伦特先生是莱茵兰[③]人，他不愿参加这次演讲会。有一对从维也纳来的夫妇，是来滑雪的，但是不愿去高山地区，所以离开这里去了苏尔斯，我听说，他们在那里的一次雪崩中丧了生。那个男的曾说正是这个演讲者这种蠢猪断送了德国，而且二十年之内还会再干上一次。同他一起来的女人用法语叫他闭上嘴巴，说这里是个小地方，你哪知道会出什么事？

正是那年有许多人死于雪崩。第一次大失事是在阿尔贝格山隘北的莱希，就在离我们那个山谷不远的高山上。有一批德国人趁圣

---

① 日德兰半岛为丹麦王国的大陆部分，第一次世界大战期间，于 1916 年 5 月 31 日和 6 月 1 日，英国和德国的舰队在半岛北面的斯卡格拉克海峡两次激战，英方先败后胜。但事后德方也宣布取得胜利。

② 杰利科（John Rushworth Jellicoe，1859—1935），英国海军上将。在日德兰半岛之战中任英国舰队司令，在第一次交战时，闯入德国海军主力所在海域，英方损失惨重，被迫撤退。后来在双方主力的激战中，才转败为胜。

③ 莱茵兰（Rhineland）指德国西部莱茵河以西的地区，历史上有争议，1870—1871 年普法战争后，其中的阿尔萨斯-洛林划归普鲁士，第一次世界大战德国战败，凡尔赛和约把它划归法国，并且规定莱茵河两岸各 50 公里内为永久非军事区。但后来经常发生危机，1923 年 10 月，竟闹过短期独立。希特勒上台后，于 1936 年 3 月把军队开进非军事区。伦特先生虽可算是德国人，却和下面那个维也纳来的奥国人一样，都反对那前海军军官的军国主义狂热。

诞假期想上这儿来跟伦特先生一起滑雪。那年雪下得晚，当一场大雪来临时，那些山丘和山坡因为阳光的照射还是温暖的。雪积得很厚，像干粉那样，根本没有和地面凝结。对滑雪的条件来说没有比这更危险的了，所以伦特先生曾发电报叫这批柏林人不要来。但那是他们的节假日，他们显得很无知，不怕雪崩。他们到了莱希，但伦特先生拒绝带他们出发。他们中有一个人骂他是懦夫，他们说要自己去滑雪。最后他把他们带到他能找到的最安全的山坡上。他自己先滑了过去，他们随后跟上，突然间，整个山坡一下子崩塌下来，像潮水涨起盖住了他们。挖出了十三个人，其中九人已经死去。那家阿尔卑斯山滑雪学校在出事前就并不兴旺，而事后我们几乎成了唯一的学员。我们成为钻研雪崩的专家，懂得不同类型的雪崩，怎样躲避雪崩，如果被困在一场雪崩中该如何行动。那年我写的大部分作品都是在雪崩时期完成的。

我记得那个多雪崩的冬天最糟的一件事是关于有一个被挖出来的人。他曾蹲坐下来，用两臂在头的前面围成一个方框，这是人家教我们这样做的，这样在雪盖住你的时候能有呼吸的空间。那是一次大雪崩，要把每个人都挖出来得花很长一段时间，而这个人是最后一个被发现的。他死了没多久，脖子给磨穿了，筋和骨头都露了出来。他曾顶着雪的压力把头摆来摆去。在这次雪崩中，一定有些已压得很坚实的陈雪混合在这崩泻的较轻的新雪中了。我们无法肯定他是有意这样摆头还是神经失常了。但不管怎样，当地的神父拒绝将他埋葬在奉为神圣的墓地里，因为没有任何证据可以证明他是天主教徒。

我们住在施伦斯的时候，经常爬上山谷长途旅行到那小客栈去过夜，然后出发登山前往马德莱恩屋。那是一家非常漂亮的老客栈，我们吃饭饮酒的房间四面的板壁多年来擦拭得像丝绸般发亮。

桌子和椅子也都是这样。我们把卧室的窗子打开，两人紧挨着睡在大床上，身上盖着羽毛被子，星星离我们很近而且十分明亮。清晨，吃了早餐，我们装备齐全上路，开始在黑暗中登山，星星离我们很近而且十分明亮，我们把滑雪板扛在肩上。那些脚夫的滑雪板较短，他们背着很重的背囊。我们彼此比赛谁能背最重的背包登山，但是谁也比不过那些脚夫，这些身材矮胖、面色阴沉的农民，只会讲蒙塔丰河谷[①]的方言，爬起山来沉着稳定得像驮马，到了山顶，那阿尔卑斯高山俱乐部就建筑在积雪的冰川旁一块突出的岩石上，他们靠着俱乐部的石墙卸下背囊，要求得到比原先讲好的价钱更多的报酬，等拿到了一笔双方妥协的钱，便像土地神似的踩着他们的短滑雪板箭一般地滑下山去了。

我们的朋友中有一个德国姑娘，她陪我们一起滑雪。她是个极好的高山滑雪者，身材娇小，体态优美，能背跟我的一样重的帆布背包而且背的时间比我长。

“那些脚夫老是望着我们，仿佛巴不得把我们当尸体背下山去，”她说。“他们定下了上山的价钱，可是就我所知，他们没有一次不向客人多要钱的。”

冬天，我在施伦斯蓄了一部大胡子，免得在高山的雪地上让阳光把我的脸严重地灼伤，并且也不愿费事去理发。有一晚，时间很晚了，我踩着滑雪板在运送木材的小道下滑时，伦特先生告诉我，我在施伦斯另一边的路上遇到的那些农民管我叫“黑脸基督”。他说有些人来到那家小酒店，把我叫做“喝樱桃白兰地的黑基督”。可是在蒙塔丰河谷又高又远的另一端，我们雇来攀登马德莱恩屋的那些农民，却把我们看作洋鬼子，本该离这些高山远远的，却偏偏

---

① 施伦斯就位于这蒙塔丰河谷中，这些农民靠为旅游者搬运行李挣钱。

闯了进来。我们不等天亮就出发，为了不让太阳升起后使雪崩地段在我们通过时造成危险，我们这种做法并没有赢得他们的称赞。这不过证明我们像所有的洋鬼子一样狡猾而已。

我记得松林的气息，记得在伐木者的小屋里睡在山毛榉树叶铺成的褥垫上，以及循着野兔和狐狸出没的小径在森林中滑雪。我记得在树木生长线以上的高山地区追踪一只狐狸的踪迹，直到见到了它，观察它举起了右前脚直竖起来，接着小心翼翼地站住了，接着突然一跃而起，只听得一阵响，一只白色的松鸡从雪地窜起，越过地垄而去。

我记得风能把积雪吹成各种各样的形态，你穿着滑雪板滑行时，它们会给你带来不同的危险。再说，你住在高峻的阿尔卑斯山上的木屋中时会碰上暴风雪，这种暴风雪会造成一个陌生的世界，我们在其中必须小心翼翼选定我们滑行的路线，仿佛我们从未见过这个地区似的。我们也确实从未见过，因为一切都变了样。后来，春天快到了，开始大规模的冰川滑雪，平稳笔直，只要我们的两腿支撑得住，就能一直笔直地向前滑行，我们并拢脚踝，滑行时身体俯得很低，用前倾来增加速度，在冻脆的粉状冰雪发出的轻轻的嗞嗞声中不断地、不断地下滑。这比任何飞行什么的都美妙，我们练就了这样滑雪的技巧，在背负着沉重的帆布背包进行长途登山时也运用到了。我们既不能花钱买到登山的旅行，也搞不到去山顶的票。这就是我们整整一冬练习的目的，而这一冬的努力使这成为可能。

我们在山区的最后一年，有些新来的人深深地打进我们的生活，从此一切都与往昔不同了。那个多雪崩的冬季与翌年冬季相比，像是童年时代的一个快乐而天真的冬季，而后者却是一个伪装成最最饶有趣味的时刻的梦魇般的冬季，随之而来的是个杀气腾腾的夏季。有钱人就在那一年露面了。

有钱人来的时候，有一种“引水鱼”[①]先他们而至，这种人有时有点儿聋，有时有点儿瞎，但人未到总是先散发出一股使人愉快但却显得犹豫不决的味道。这引水鱼会这样说：“哦，我不知道。不，当然，不尽是如此。可我喜欢他们。我喜欢他们俩。是的，老天作证，海姆；我确实喜欢他们。我明白你的意思，可我真心喜欢他们，而且她有一种极美的风度。”（他说出她的名字[②]，念得很亲切。）“不，海姆，别犯傻了，也别那么别扭。我真心喜欢他们。我发誓，他们俩我都喜欢。你认识了他就会喜欢他的（用的是他牙牙学语时的小名[③]）。他们俩我都喜欢，真的。”

于是你遇上了有钱人，一切就跟往昔不同了。那引水鱼当然就走了。他总是要到什么地方去，或者从什么地方来，但是从不在一处地方待得很久。他出入政界或者戏剧界，跟他早年出入国门和出入人们的生活一样。他从不受骗上当，有钱人骗不了他。从来没有什么能骗得过他，只有那些信任他的人才受了骗而且被害死了。他早年受过怎样做坏蛋的那种无法替代的训练，对金钱暗暗怀有一种长期无法满足的爱好。他最后由于随着每赚一块钱就向正确的方向靠近一步，自己也发了财[④]。

这些有钱人都喜爱他并信任他，因为他腼腆、诙谐、令人难以捉摸，已经有所建树，还因为他是一条从不犯错误的引水鱼。

当你有这样两个人，他们互相爱恋，快乐，欢悦，其中有一个

---

① 引水鱼（pilot fish），又名舟鰤，据云，鲨鱼来到之前即出现舟鰤，故名引水鱼。这里作者用以攻击作家多斯 · 帕索斯，以为由于他引来了鲨鱼——有钱的墨菲夫妇，终于破坏了他和哈德莉的婚姻。

② 指墨菲的太太萨拉的名字。

③ 墨菲先生名杰拉尔德，小名该是杰里（Gerry）。这时是 1925 年 10 月，由多斯 · 帕索斯介绍给海明威。

④ 以上所述均暗指多斯 · 帕索斯。

或双方都在干着真正了不起的工作，人们就会被他们吸引，就像候鸟在夜间准会被引向一座强大的灯塔一样。如果这两人意志坚强，就不会受到伤害，就像灯塔一样，只会对那些候鸟造成伤害。那些以自己的幸福和成就吸引人们的人往往是缺乏经验的人。他们不知道怎样才不致被人压倒以及怎样才可以脱身。他们并不总是听说过那些善良的、有魅力的、迷人的、很快被人爱上的、慷慨大度的、懂事的有钱人，这些有钱人没有卑劣的品质，能使每一天都带上节日的色彩，而且一旦他们经手并享受了他们所需要的养料，留下的一切就比阿提拉[①]的马队的铁蹄曾经践踏过的草原更加了无生气。

有钱人由引水鱼带领前来。一年前他们决不会来。那时他们还没有把握。尽管工作干得同样出色，而且感到更幸福，但是还没写出什么长篇小说，所以他们还没有把握。他们在一些无法确定的事情上从不浪费他们的时间和魅力。他们干吗该这样干呢？毕加索是有把握的，当然啦，在他们听到过绘画之前就已经如此。他们对另一位画家却是确信无疑。还有很多别的画家。但是今年他们感到有把握了，而且那引水鱼也来了，他们从引水鱼嘴里得到了保证，所以我们不会觉得他们是外来者，我也不会跟他们闹别扭了。那引水鱼当然是我们的朋友啰。

在那些日子里，我信任引水鱼就像我信任，比如说吧，那《水文局地中海航行指南》的修订本或者《布朗氏航海年鉴》中的那些一览表一样。当着这些有钱人的魅力，我像只捕鸟猎犬那样轻信和愚蠢，愿意跟任何一个带枪的人一起外出，或者像马戏班里受过训练的猪那样终于找到有个人单单为他自己而喜欢并欣赏他。每天都

---

① 阿提拉（Attila，406？—453），大约433年起为匈奴王，因曾进攻罗马帝国，征服了欧洲的大片地区，被称为“上帝之鞭”（the scourge of god），意即“天罚”。

该是个节日，这对我来说似乎是个妙不可言的发现。我甚至高声朗读我那部小说已修改好的部分，这样做可说是一个作家所能做的最恶劣的事儿，这对他作为一个作家来说比身上不系绳索就在隆冬的大雪还没有覆盖冰川的裂隙上滑行要危险得多。

当他们说："了不起啊，欧内斯特。这可真了不起。你哪知道会有多好啊，"我快活地摇着尾巴，一头扎进生活就是过节这个想法，想看看我能不能叼回一根诱人的骨头，而不是心想："要是这些混蛋喜欢它，那会有什么错呢？"如果我是以专业作家自居来搞写作的，我就会这样想，尽管如果我真是以专业作家自居来搞写作的，我就根本不会读给他们听了。

在这些有钱人来到之前，我们已经被另一个有钱人利用最古老的诡计打进来了。那是说，有个未婚的年轻女子成为另一个年轻的已婚女子的一时的好朋友，她搬来同那丈夫和妻子住在一起，接着人不知鬼不觉地，天真无邪地，毫不留情地企图与那丈夫结婚①。那丈夫是个作家，正艰难地写作着，因此很多时间忙不过来，在大部分白天的时间里对那妻子来说他不是个好伴侣或伙伴，在这情况下，这种安排有它的好处，但等到你看到如何发展就不对了。做丈夫的工作之余有两个迷人的姑娘围在他身边转。一个是新的，陌生的，而如果他运气不好，就会两个都爱。

于是，他们不再是两个成人加上他们的孩子，现在是三个成人了。起初这样倒也挺刺激的，而且也很有趣，就这样维持了一阵子。一切真正邪恶的事都是从一种天真状态中生发的。你就这样一天天地活下去，享受着你所拥有的而且毫不担心。你撒谎，又恨撒谎，这就把你毁了，而每一天都比过去的一天更危险，但是你一天

---

① 指《时尚》杂志的编辑波琳，后来成为海明威的第二任妻子。

天地活下去，恍如在一场战争之中。

我必须离开施伦斯，到纽约去重新安排由哪家出版社出我的书[①]。我在纽约办好了我的事，等我回到巴黎，我原该从东站乘上第一班火车把我一直载向奥地利。但是我爱上的那个姑娘[②]那时正在巴黎，我就没有乘这第一班车，也没有乘第二班或第三班车。

等火车终于在一堆堆原木旁驶进车站时我又见到我的妻子，她站在铁轨边，我想我情愿死去也不愿除了她去爱任何别的人。她正在微笑，阳光照在她那被白雪和阳光晒黑的脸上，她体态美丽，她的头发在阳光下显得红中透着金黄色，那是整个冬天长成的，长得不成体统，却很美观，而邦比先生跟她站在一起，金发碧眼，矮墩墩的，两颊饱经冬季风霜，看起来像个福拉尔贝格州的好孩子。

“啊，塔迪，”她说，这时我把她搂在怀里，“你回家了，你这次旅行把事办得多成功啊。我爱你，我们都非常想念你。”

我爱她，我并不爱任何别的女人，我们单独在一起时度过的是美好的令人着迷的时光。我写作很顺利，我们一起做过几次非常愉快的旅行，因此我认为我们又成为不可损害的伴侣了，但是等到我们在暮春时分离开山区回到了巴黎，另外的那件事重新开始了[③]。

这就是在巴黎的第一阶段的生活的结束。巴黎决不会再跟她往昔一样，尽管巴黎始终是巴黎，而你随着她的改变而改变。我们再没有回福拉尔贝格州，那些有钱人也没有。

---

① 指《春潮》。他于 1926 年 2 月乘船去纽约。

② 还是指波琳。海明威在纽约斯克里布纳出版公司结识了编辑马克斯韦尔·珀金斯，就此开始长期的合作计划，以优惠的条件签订了出版该书及另一部长篇小说《太阳照常升起》的合同。他总算熬出头了。

③ 指他和波琳的恋爱继续发展，终于导致 1927 年 1 月和哈德莉离婚，同年 5 月和波琳结婚。

巴黎永远没有个完[1]，每一个在巴黎住过的人的回忆与其他人的都不相同。我们总会回到那里，不管我们是什么人，她怎么变，也不管你到达那儿有多困难或者多容易。巴黎永远是值得你去的，不管你带给了她什么，你总会得到回报。不过这乃是我们还十分贫穷但也十分幸福的早年时代巴黎的情况。

---

① 犹我国所谓：朝朝寒食，夜夜元宵。和卷首所引作者信中所说的“流动的盛宴”相呼应。

协和广场上煤气公司工人点燃煤气灯

附录：关于《流动的盛宴》*

海明威自杀的时候，我才二十七岁，刚刚加入乔纳森·凯普出版社。成为出版海明威作品的出版社的一员令我无比自豪。我只见过他一次，那还是在我从事出版业之前的事。那次邂逅是在马拉加的斗牛场上，他和肯尼思·泰南在一起。泰南是个狂热的斗牛迷，有点不情愿地把我介绍给了海明威。这次会面尽管很短暂，却让我对他有了初步的了解。

在海明威去世大约一个月后，鲍勃·雷恩·霍华德（乔纳森·凯普出版社的共同创始人）在海明威的遗孀玛丽来访出版社时，介绍我与她结识。我们相处得很愉快。我的意思是，她看上去对我有好感。几天后，雷恩·霍华德把我叫到他的办公室，略带得意地宣布：玛丽挺喜欢我，邀请我到海明威在爱达荷州的家里做客。玛丽希望我能帮助她汇集"老爹"自杀之前一直在写的手稿。任务就是将海明威年轻时在法国写的文章和当时与他的朋友之间的书信整理成书。这些友人包括福特·马多克斯·福特、詹姆斯·乔伊斯、司各特·菲茨杰拉德。当然，这些巨人当时还默默无闻。你可以想象，接到这项工作，我是多么兴奋！而这一切都发生在我初来乍到凯普出版社，更是非同寻常。

一周后，我启程前往爱达荷州凯彻姆的海明威家。玛丽到小机场来接我。她戴着一顶很旧的斯泰森毡帽，围了一条方巾，开着一辆破旧的绿色敞篷凯迪拉克轿车。凯彻姆是西部的一个小地方。我们穿过凯彻姆，驶离公路，朝不远处的农场驶去。我坐在车里，看着玛丽，仿佛第一次见到她似的。她的脸上有不少皱纹，但微微泛着金色的短发和古铜色的肌肤让她看起来充满活力。显然，她年轻时很漂亮。不过，我相信，她的性格中始终有着坚韧的一面。

农场坐落于一个小盆地，四周包围着长满树木的小丘，风景宜人，只是缺少阳光。是幢巨大的木屋，这就是我未来六天要住的地方。我对这屋子没什么好感，不过相比于对完成工作的渴望，这也就无关紧要了。

我们整日埋首整理被海明威塞满了杂志和手稿的箱子，却没有找到任何提示他当初打算如何集文成册的东西。这虽然使我们的工作更加棘手，却也更值得期待，因为我们得自己选择文稿了。从第一天起，我们便忙于看手稿，并将稿子按我们判断的时间顺序摆放。时不时地，我们会看到关于同一件事有多个版本的手稿，于是挑出我们认为最好的一篇，以此为乐。每天我们都从早忙到晚。第三天是个例外，我们受邀去打猎。

出乎我意料，玛丽让我用老爹的猎枪。这可是个大家伙！我拿着枪，心里紧张极了。当我得知这次打猎的目标是鸽子，心里才放松些，因为我基本上是没有可能打中这些小家伙的。不过，回想起当年在空军服役时我的枪法还算不错，我还是开了几枪，只是这枪实在太沉。尽管空手而归，我仍然玩得很开心。休息一天之后，又有一个令人激动的线索。第二天我偶然发现老爹手写的一份名为《流动的盛宴》的待选文章清单。我认为用这做书名再好不过，玛丽也同意。这下，终于有了响亮的书名，我们为此深受鼓舞，接下来的任务就是要将手稿集成一本与此书名相当的书。这些手稿都写

---

* 本文摘自《出版人：汤姆·麦奇勒回忆录》（人民文学出版社 2008 年 9 月版，章祖德等译）。

得极好。海明威在一篇文章中描绘了1922年的时候巴黎一个女孩坐在咖啡馆里的样子，他的文字将读者带到了那个年代，亲眼看着那个女孩坐在那家咖啡馆的情景。一篇篇手稿描绘了一个个美妙的场景，然而要把这些场景有机地连成一个整体却不那么容易。海明威散文的魅力不断为人们所谈论，而《流动的盛宴》中就充满了这样的例证。

我记得，每天晚上的晚餐都是让人倒胃的牛排。我们总是单独待在一起，不过回想起来，两人之间的对话却是少之又少。我只记得自己尽力逗玛丽开心，这可是件难事。她看上去心情沮丧，这也可以理解。一天晚上，我们收到邀请去海明威私人医生家里做客。他和海明威的其他几个伙伴一起刚从加拿大回来，他们去那里猎石山羊。当天晚餐吃的肉味道很像鹿肉。这顿饭是我有生以来吃得最微妙的一次。

这是他们第一次在没有海明威参加的情况下狩猎。宴会的主人身材高大魁梧。这么多年来，他一直是海明威的密友，经常一起出门打猎。这个夜晚，大家愉快地享受着晚宴，而不是哀悼伟人之死。话题无可避免地围绕海明威的轶事展开。在医生家的晚宴上，玛丽和其他人一样，一边品尝红酒一边享用晚餐。而在自己家，她只喝威士忌。她常常从饭前几小时就开始喝酒，吃饭的时候也不停喝，一直到晚上。每天晚上她至少要喝一瓶，毫无疑问，她总是喝醉。我不能肯定，但我认为她是想和我上床的，尽管这是因为绝望而非欲望。在伦敦见到她时，她看上去不怎么开心，而如今她更陷入深深的哀伤之中，而且感到孤独寂寞。显然，在家里感受到的海明威之死带给她的伤痛比在其他地方重得多。

在我离开前两天的晚上，玛丽突然指了指通往大门的走廊。那里放着老爹的猎枪，就是我之前打猎时用的那支。“老爹就是在这里自杀的。”玛丽说。我吓了一跳，我的直觉一直告诉我，那里曾经发生过什么不祥之事。自从我来了以后，我们从来没有走前门进屋，玛丽有意识地避开了这里。

我们终于赶在我离开之前的那个晚上完成了所有的工作。那天晚上，玛丽把书包了起来，让我将包裹转交给斯克里布纳出版社，这是纽约的一家出版海明威作品的老牌出版社。她希望我能亲自把书交给一个叫哈里·布拉格的人，自从大名鼎鼎的编辑马克斯韦尔·珀金斯去世以后，他一直是海明威的编辑。我知道布拉格，但不清楚他是否知道我也参与这本书的编辑工作。不过，我相信即使他知道，肯定也会不以为然。他是个骄傲的人，不喜欢受到轻视。我向玛丽保证，会把书直接交给他，而我也确实打算这么做。然而，当我走过第五大街，站在斯克里布纳出版社门外，突然觉得就这么拿着书走进去实在太尴尬了。于是我在包裹上写下哈里·布拉格的名字，把书交给了接待员。

这已经是四十年前的事情了。从那时起，我又读了几遍《流动的盛宴》。也许是这份亲密感使我未必客观，但我认为这是一部小小的经典。毫无疑问，这是一本最能激发人们想象力的书。海明威认为要想写得好就必须如实地写。《流动的盛宴》正是对这一想法的绝佳印证。尽管书中所写的只是海明威一生中的短短数年，这些文字却体现了他一生的经历。

汤姆·麦奇勒

虚构“现场”

——代编后记

那种以为可以用图像来对文字进行注解的观点是错误的，但对海明威这本小书的读者来说，在阅读那些有关往昔巴黎生活零星片断的回忆文字过程中，总是会产生“视觉”上的期待。场景和人物从过分亲切的（以至于让读者产生某种如真似幻的感觉的）文字中浮现出来，一个喜欢逐字逐句追随作者思绪的读者，有时会禁不住觉得，单单凭借文字，在那幅想象的拼图中，总还缺些什么。

一九二〇年代，海明威以驻欧记者身份旅居巴黎，《流动的盛宴》这本书，记录的正是作者当日的这段生活。不过这本书的写作却是在将近四十年以后，换句话说，盛宴的“现场”早已消失，作者和读者都只是在记忆中追寻那段过往岁月，而无论是作者或是读者，这些记忆都已在时光的透镜里失焦、变形。所有有关巴黎的记忆都杂糅成一种对于巴黎的共同的历史记忆，而所有的有关巴黎的记忆，都将对作者本身的回忆写作，以及读者对回忆文本的阅读产生影响——它们将再一次混合到这些文字中。

写作这些文字时，海明威将近六十岁，而文字当中的海明威，当时刚刚二十出头。我们对于多年以前的生活，的确有许多“视觉”记忆。它们深藏在头脑深处，需要做出极大努力，有时需要“玛德莱娜小点心”式的偶然触机，许多年以前那个“现场”的场景才会渐渐浮现出来。然而，这其中有多少来自“事件”在我们记忆光碟上的原版刻录，有多少来自其他各种文本和影像的晕染、来自别样记忆的入侵，我们如何分辨得清？

我们再也无法理清那些混杂在一起的视觉记忆，如同侯麦那个想在电影里寻找十八世纪巴黎的故事。一九七五年，他拍摄《女侯爵》(The Marquise of O)找的是“真实”的外景地，巴黎附近的某个小镇仍然保存着历史的“原样”，但侯麦知道，这不是巴黎，这更不是那个时代的巴黎。一九七八年的《柏士浮》(Perceval le Gallois)，他改变方法，全部在摄影棚拍摄，拍完之后却又想，为什么所有有关那个时代巴黎的电影，都有相同的马车道？第三次尝试，他为《贵妇与公爵》(The Lady and the Duke)的场景找人绘制三十七幅模仿十八世纪风格的巨型油画，再用数码技术把演员嵌到这些油画布景里，侯麦想让观众明白，我们对于巴黎的记忆，不过是来自那些油画。影片开始时，观众看到那些历史画，突然之间，画面开始变得栩栩如生，银幕上这次影像的转换，令人印象深刻。

同样，当我们阅读海明威这些似乎栩栩如生的描绘时，浮现在我们虚空的、容器般的想象中的图景，有多少是来自文字本身？更深刻一点地说，阅读这些属于别人的记忆——这个人甚至在很多方面对我们中国读者全然属于“他者”，如同在一条幽深的隧道中行走。那瞬间点燃旋又瞬间熄灭的火光，突如其来地照亮整个背景，在我们的眼前展现一幅幅景象，如同幻觉一般。但照亮这幽深记忆中似真似幻景象的火光，往往却是我们从别处、从“隧道”之外、从这些回忆文字之外的某个地方带来的。

我们对于那个时代的巴黎是有记忆的，无论是阅读海明威这本他自称多少有些虚构成分的回忆作品，或者是那些根据写作者自己的声明，其中并无（或较少）虚构成分的回忆录，甚至是阅读一本读者理应视之为虚构的小说，总是会有一些视觉形象出现在头脑中：黯淡的建筑物、煤气街灯，以及一些状类奇特的人物形象。它们不假思索地自动浮现出来。但只稍一回想反思，我们就立即明白，这些视觉记忆多半不过是来自那些电影。比如菲利普·考夫曼，《情迷六月花》。

影像是如何变成这些属于我们自身、然而却纯然虚幻的记忆的？这个问题在另一些影像进入到我的眼睛之前从未被提出。那些洛东达和圆顶酒馆里白铁皮吧台后的酒瓶，那些舞会上被扇子一般拉开的手风琴。它们总是在有关巴黎的阅读中自动浮现，渐渐它们似乎变成我个人的视觉记忆。

直到这些二〇、三〇年代的巴黎风俗摄影画册放在眼前，这是些从未见过，却异常熟悉的老照片。圆筒状车厢的粪车——我们在海明威的书中读到它，我们也在电影里看到过它：裸体的男人女人在身体上涂满各种颜色，在狭窄的卵石铺就的街道上狂欢游行，裸体的毫无羞耻的女人在妓院中围站在新来的顾客身旁——我们在《情迷六月花》那部电影中看到这样的场景；那些后来在文学艺术历史教科书中成为重要索引词的名字，它们的“真身”坐在装饰简陋的酒吧茶肆里，跟那些水兵、工人和不知来历的女人坐在一起，说些粗话，间或说些别人听不懂的达达主义——这我们也在海明威的回忆录里、在形形色色的电影里看到过。

我们在阅读海明威这部回忆作品时难以避免地受到这些图像的影响，虽然我们绝对无法判断，海明威在那些事件发生后的几十年，在稿纸本上写那些句子的时候，这些照片有没有悄无声息地潜入他的意识深处。但我们要把这些照片和海明威的文字放到一起，在栩栩如生的“拼图板”上镶嵌这最后点睛的一块。我们想这样来试试看，它能不能成为一个有所不同的全新文本。

我们制造一个“文本”，我们却绝无“观点”。

小白

…n, ~~the steel dark~~ and branches
eyond a tent, you step out from under which
ars. The moon gone down, to see too many
u urinate up looking, the breeze not risen
o Southern Cross at the uncross-like bl…
ofundity of initial urination and thus each morning in the
ublicity of constellations reflect upon the ~~…~~
sten to the night, and not awake you
en wash to where Pap sits move highly past you.
ipe comforted, his creatures before the fire,
me before daylight perched, loving the
ead branches and the windless burning of
he says, "How are you, governor?"

"No worse than you."

The sky is very high there and branches

ome between, ~~the steel dark~~ and branches
eyond a tent, you step out from under which
ars. The moon gone down, to see too many
u urinate up looking, the breeze not risen
o Southern Cross at the uncross-like
ofundity of initial and thus